피사체 너머에는

피사체 너머에는

김 선 화 5매수필집

문학산책사

바람의 현絃 받아 적기

작가가 글을 쓰는 행위는
대기 속에 감도는 바람의 현絃을
타고 노는 것과 흡사하다.
그때그때 와 닿는 정신적 흐름에 귀 기울여
그 결을 승화시키고,
새로이 생성되는 소리를 받아 적는 것을
날 때부터 부여받은 업으로 여긴다.

그 과정에서는
육안肉眼을 너머 심안心眼으로 사물을 읽어나가는
고유의 탐색이 이루어진다.
하여 이번 책에는
목차를 따로 짜지 않고
글 쓴 순서대로 두었다.

국내 최초 단短수필 단행본『소낙비』출간 후
근 10년 만에 내놓는 5매 내외의 수필 모음이다.
긴 말을 생략하고
의식의 축약으로 사람들의 정서와 호응할 때
심장의 파동이 곱절이 된다.
나는 이 펄떡임을 중히 여긴다.

은연중 내게로 와서
여러 무늬의 말을 걸어준 소재군群에게도
의미 있는 인사를 건넨다.

2014. 가을
김 신화

김·선·화·5·매·수·필·집 **피사체 너머에는**

차례

1 장날

울퉁불퉁한 보퉁이들이 푹 꺼지면, 그것들은
이내 우리들의 꿈이 되어 돌아왔다. 공책, 크
레파스, 육성회비…. 어머니가 이고 나가면
조금 멀리 가고, 아버지가 지고 나가면 집에서
도 바라다 보이는 저만치 둥구나무 아래 멈추
곤 했다.

환영 幻影

바닷가, 동해 어느 솔밭이었던가. '파초'의 시인 김동명 선생의 흔적을 찾아 나선 길이었다. 그날 솔밭에서 점심을 먹는데 백사장에서 공놀이하는 청년들의 웃음소리가 왕왕거렸다. 그 소리에 그만 넋이 빠진 나는 다른 아무소리도 듣지 못하였다.

솔밭 그루터기에 앉아 거울을 보는데도 "으하하하" 하는 너 털웃음소리… 순간적으로 먼 길 간 동생이 등 뒤에 있구나 싶었다. 내뿜듯 하면서도 어깨를 들썩이며 웃어젖히는 우람한 청년이 거기 있는 것만 같았다. 그 착각은 내 고개를 홱 돌리게 했다.

그러나 다음 순간, 숨고르기가 어려워졌다. 몇 걸음 거리에서 팔뚝근육이 불뚝불뚝한 젊은이 둘이서 공을 갖고 놀고 있었다. 그때의 허무감이라니….

나는 재차 뒤돌아보지도 못한 채 누가 알아볼까 두려워 동생의 존재를 지우기에 급급했다. 가슴속 심지를 누르며 거울을 덮었다. 그리고 다시는 마음껏 그리워하지 않기로 했다. 그리움이 넘칠 때면 여지없이 내가 기거하는 아파트 현관문을 밀고 들어서며 "누나, 나 안 죽었어요. 하하하" 하는 까닭이다.

나로서는 그러한 힘찬 환영을 감당할 능력이 없다. 그가 가고 난 지 4년이 지난 지금도 몸집 우람한 청년만 보면 가슴이 몇 곱절로 펄떡거린다.

* 1999年 7月 쓰다.

까치

스산한 날씨 탓인가. 까각 까깍 까까…. 산본역 앞 단풍나무 가지에 올라앉은 까치 한 마리가 고독해 보인다. 힘차게 우짖지 않고 한 차례씩 까~까~ 하는 모습이 애처롭기까지 하다.

며칠 전 마음 맞는 지인과 맞닥뜨린 한적한 풍경 속의 까치 한 쌍은 푸드덕 날아오르는 모습이 경쾌하기 그지없었다. 이 나무에서 저 나무로, 이 낟가리에서 저 낟가리로, 혹은 지붕에서 지붕으로…. 한 마리가 날면 다른 한 마리는 더 활기차게 공중에 원을 그렸다.

한데 반지르르한 털을 고르며 홀로 앉은 저 까치는 바쁜 내 발길을 붙잡고 쉬 놓아주질 않는다. 한 차례씩 허공을 향하는 눈길마저 서름하기 이를 데 없다. 나는 갈 길도 잊은 채 나무 아래서 서성인다. 까치의 눈길 따라 그윽한 상념에 젖는다.

그러다가 불현듯, 이것이 암컷일지도 모른다는 생각이 들자 맘이 달라졌다. 묘한 질투가 고개를 든다.

쿵쿵 발을 굴러본다. 보는 이만 없다면 나무 밑둥치를 '탁' 걷어차고도 싶었다. 그러나 까치는 이런 내 훼방쯤엔 아랑곳 없다는 눈치다. 성질 급한 내가 지레 나가떨어지고 말 일이다.

쓸쓸한 헛기침 몇 번 남겨두고 그곳을 뜬다. 미물이나 사람이나 어느 일에 골몰할 때는 뭔가 연유가 있어도 단단히 있는 것이리라. 저것이 암컷이든 수컷이든 간에, 그야말로 내 눈앞에서 신방이 차려질지도 모를 일이잖은가.

생각이 이에 미치니 눈치 없이 군 조금 전의 행동에 실소가 나온다. 괜히 주변을 흘끔거리며 허둥지둥 발을 옮긴다.

* 2002年 10月 쓰고/『에세이스트』 2008年 11,12月호

똥파리등반대

　바위로 이뤄진 봉우리에서 손바닥만 한 현수막을 중심으로 사람들이 둘러앉았다. 모두들 희붐한 얼굴이다. 그 얼굴빛에도 글 잘 쓰게 해달라는 염원들이 깔려있는 듯 보인다. 나는 사진기를 꺼내 거리를 조절하며 한두 발짝 뒷걸음질을 쳤다.

　"자, 찍습니다. 하나아, 두울!"

　그때 인솔 시인의 급박한 목소리가 이어진다.

　"그만 물러나욧! 낭떠러지!"

　새해 초사흗날, 문학으로 맺어진 사람 몇몇은 병목안(마을 이름)에서부터 산을 오르기 시작했다. 그곳은 삼성산과 수리산이 만나는 기점이다. 산행 목표는 수리산 봉우리 중의 하나인 '수암봉'이다. 의왕에서 바라다보면 능선 위로 삐죽 솟아있어 저쯤이 봉우리구나 하는 곳이고, 고대 사찰 수리사에서 보면 웅장한 바위 면이 예사롭지 않아 영기靈氣가 느껴지는 곳이다.

높아갈수록 눈앞이 자욱하다. 한 해 동안에 펼쳐질 일들이 무엇인지 가늠해보며 길을 걷는다. 매사 애초의 방향과 일치한 것은 별로 없지만 그래도 번번이 새로움을 다지게 된다.

첫 행보에 바람이 분다. 앞사람을 놓치면 길을 잃을 판이다. 코앞이 낭떠러지라 해도 알아차리기가 어렵다. 곧 정상이라는 메아리가 들려온다. 나무의 형상조차 흐릿한 곳에서 바위를 더듬는다. 이 길을 내 아들형제는 아주 어릴 때 오르내렸다고 했다.

큰아이는 초등 5학년 때 등반대를 만들어 산을 누비고 다녔다. 그룹 이름조차 아이들의 장난기 어린 '똥파리등반대'였다. 보이스카우트대원 중에서 산을 잘 타는 아이들로만 골라 회원을 삼아, 그 팀에 네 살 아래의 제동생도 끼워 넣어 데리고 다녔다. 어느 날은 주먹밥을 싸가고, 또 어느 날은 물병과 초콜릿을 챙겨 수리봉과 태을봉 등을 거쳐 안양문예회관 뒤편의 관모봉으로 해서 내려오곤 하였다.

그 길에서 작은아이의 두 다리가 피범벅이 된 일이 있었다.

낭떠러지로 미끄러지는 제 손을 형이 얼른 잡아 무사했다는 이야기를, 작은아이는 중학생이 되어서도 가끔씩 들추었다.

아이들이 청년기에 접어든 지금에서야 내가 그 산길을 걸어본다. 안개에 에워싸여 엉금엉금 내딛으며, 오래 전 작은애가 형을 놓칠 뻔한 그 자리에 와 있는 것은 아닌지 헤아려본다. 일순 아찔해진다. 큰아이로 하여금 그 어린것의 손을 붙들게 한 기지와 순발력은 어디서부터 온 것일까. 다가올 일에 대한 기원과 지나온 길에 대한 감사하는 제의식이 내안에서 이뤄진다.

발돋움을 하여 가장 높은 곳의 바위에 고수레를 하였다. 엄마 된 자가 늦깎이 공부를 한답시고 아이들을 방임한 데에서 비롯된 일이 어디 이 하나 뿐일까. 뜻을 실현키에 급급해 어린것들의 환부조차 제대로 살피지 못했던 어미의 가슴에 회한의 물결이 인다.

* 2005年 1月 쓰다.

장날

    먼 길 장 서는 날, 돈이 될 푸성귀들이 토방에서 밤을 샜다. 하루나 한단 30원, 무 한 개 5원, 참외 한 개 20원, 도라지, 감….

    울퉁불퉁한 보퉁이들이 푹 꺼지면, 그것들은 이내 우리들의 꿈이 되어 돌아왔다. 공책, 크레파스, 육성회비….

    어머니가 이고 나가면 조금 멀리 가고, 아버지가 지고 나가면 집에서도 바라다 보이는 저만치 둥구나무아래 멈추곤 했다. 미리 마중 나온 장사꾼들에게 통째로 넘기고는, 빈 지게로 터덜터덜 돌아와 어머니의 잔소리세례를 받는 아버지. 집에서 멀어져 장 가까이로 갈수록 물건 값이 오르는 이치를 아버지는 알아, 지극히 당연한 바가지를 긁히고 또 긁혔다.

그러면서도 열에 아홉 번은 그 둥구나무기점을 넘지 못하고, 맘씨 좋게 훌훌 짐을 부렸다. 하루나 한 단 20원, 무 한 개 3원, 참외 한 개 10원으로 값이 매겨져도 아버지는 그런 쩨쩨한 것에는 연연해하지 않았다. 사람의 사주팔자를 헤아리고, 우주의 기운을 살펴 택일을 하고, 산세나 땅의 혈맥을 짚어 망자를 흙으로 돌려보내는 일에 더 신이 나 있던 양반.

덕분에 우리 형제들은 늘 배가 고팠다.

* 2005年 3月 쓰다.

장승 · 6

– 재갈 물린 여장군

시청에 볼 일이 있어 길을 나섰다가 차를 잘 못타 폭염 아래의 가로수 길을 걸었다. 산모퉁이를 돌아서자 의왕시청건물이 보이고 우측엔 민가와 밭이 있었다.

그런데 왜 하필 거기서 고개를 돌렸을까. 산 아래 둔덕에서 장승 두 기가 내 발길을 잡는다. 가슴패기가 앞으로 쑥 튀어나온 천하대장군 볼엔 통북어가 묶여있고, 몸이 꼬부장한 지하여장군 입엔 재갈이 물려있다. 가부장적인 남성과 온유한 여성이다. 나는 센들 신은 발을 살금살금 옮겨본다.

다가가 살핀 즉, 여장군이 물고 있는 것은 하얀 소지였다.

칭칭 감아놓은 사연을 풀어 확인할 바는 아니지만, 그 안의 내용들을 고스란히 물고 있는 지하여장군이 가련하게 와 닿았다. 지나면서 얼핏 스치는 겉모습만으로야 '여성은 그저 입 다물고 가만있어라' 하는 식의 재갈이 아니고 뭔가.

잠시 참나무아래 벤치에 앉아본다. 오봉산자락의 '산골'이란 팻말이 오롯하니 서 있다. 매미소리 청청한 가운데 자색 칡꽃이 넌출하다. 그 그늘 아래서 나는 애초의 용무도 잊은 채 무어라 적고 있다. 서류봉투가 어느 틈에 새까맣게 뒤덮였다. 그간에 장승얘기를 다섯 편이나 써내고도 이 무슨 괴벽이란 말인가.

지나가던 차들이 임시 서기를 반복한다. 경보음도 한 차례씩 요란스레 울려준다. 암만 봐도 여름 한낮에 홀로 나가앉은 산자락 끝의 중년여인이 수상쩍은 모양이다.

어쨌거나 안사람 입담에 주눅 드는 남성들은 모월 모일 자시子時를 기해, 이곳 지하여장군의 입에 재갈을 물릴 일이다. 지하여장군께서 그 정성 어여삐 살피어, 세간의 아내들로 하여금 낭랑한 새소리로 노래 부르게 할지 혹시 아는가.

사람들의 염원은 제3의 상징물에까지 참으로 무거운 짐을 지운다.

* 2005年 8月 쓰다.

고리

몇 개 남은 은행잎이 노랗게 흩날린다. 잠시 은행나무 아래 벤치에 앉아 단단하게 아물린 자료의 고리를 푼다. 마침 폐지를 실은 리어카꾼이 지나간다. 손짓을 하니 "감사합니다!" 하며 툭 던져 싣고는 유유히 멀어져 간다.

나랏돈을 지원받아 책을 내보겠다고 서둘러 간 서울 길, 그날따라 별스럽게 멀미가 일었다. 기본 자료에 발표작품의 증빙자료를 여섯 권 준비했는데, 접수창구에서는 한 권만 필요하다 하여 나머지를 되들고 나왔다. 가족들까지 합세하여 문구점으로 운반―복사―꾸려온 2년간의 흔적인데 일순 허탈해진다. 온 몸의 기가 쑥 빠져나가는 느낌이다. 쓰일 자리를 잃었으니 이것들은 이제 한낱 종잇장일 뿐이었다. 이면지로 활용하겠다며 다시 들고 오기에도 겸연쩍은 일이어서 그렇게 절반을 덜어냈다.

한데 덜어낸 무게보다 더 큰 일이 발생했다. 걱정도 사서 한다고 전철 안에서 문득, 좀 전에 고리를 세 개 풀었는지 네 개 풀었는지가 의심스럽다. 주최 측에 낸 것이 한 권, 남은 것이 두 권, 그럼 풀린 고리는 모두 세 개여야 한다. 허나 백을 뒤져보니 손에 네 개가 잡힌다. 아무리 멀미를 했기로서니 이 무슨 조화인가. 접수할 때 담당자는 분명 내 것을 받았다고 했는데…. 자칫하다가는 완전히 헛고생 한 꼴이 될 일이었다.

그런데 집에 거의 다다라서야 며칠 전의 일이 떠올랐다. 택시 안에서 별 생각 없이 주워 넣었던 하얀 고리 한 개. 그 작은 것이 착각의 근원이 될 줄이야.

살아가다보면 이처럼 전혀 예측치 못한 일로 얽히는 경우를 종종 만난다. 무심히 받아들인 어떤 일이 스스로를 옭죄는 구실을 할 때가 있다. 알게 모르게 어깨를 겯는 인과관계. 그것이 어느 곳은 늪이고, 어느 곳은 꽃밭이다.

* 2006年 2月 쓰고/『군포문학』 2008年

그림 한 장

출연자 몇 사람이 고향산천 그림을 들고 나와 애타게 혈육을 찾는다. 집과 골목, 나무와 하천, 그리고 논과 밭…. 이 그림들에는 아무런 기교가 없다. 그저 개개인이 어린 날에 그려 보았던 그대로 소박하다. 이어졌다 끊어지고, 끊어졌다 이어지고…. 그 중에도 부모형제와의 기억이 머무는 곳에 매직펜이 유독 진하다. 사람 찾는 TV프로 얘기다.

그걸 그려서 들고 나온 사람의 심정은 어떠할까. 길목의 선하나, 담장의 돌 하나하나를 그리며 그네들 가슴은 얼마나 뛰었을까. 어린 나이에 헤어진 뒤로 부모형제를 찾을 능력 없어

혈혈단신 살아온 사람이, 그 아련한 기억을 더듬어 그림으로 완성한 종이 한 장. 나는 그 서툰 표현에 전율한다. 그 실낱같이 이어진 기억의 선을 따라서 떨어져 있던 인연의 끈이 이어지기를 소망한다.

"누님! 세상에 혈육이라곤 오직 누님뿐인데, 만약에 죽었으면 꿈에라도 한 번 나타나 그렇다고 해주시오."

50대 남자의 그 호소를 지켜보며 누가 눈물짓지 않았으랴. 이어 전화에 걸려온 누이의 음성을 확인하는 순간 그는 오열을 터트리고 말았다. 개구쟁이시절부터 억눌러온 설움의 켜가 일순 제어기능을 잃었다. 전화기 저편에서 숨죽여 우는 누이 된 사람의 앙금도 울컥울컥 토해진다.

"눈감고도 훤히 그릴 것 같아."

이 말은 고향을 떠나온 후로 내 입에 붙은 말이다. 허나 고향 잃은 지 스무 해를 넘긴 지금까지 단 한 번도 붓을 들지 않았다. 아니 연필로 밑그림조차 그리지를 못하였다. 그런 면에서 나는 참 게으른 사람이다. 그 게으름은, 가슴속에 깊이 담긴 풍경을 드러내 공유하기를 두려워하는 까닭에서 기인되었지 싶다. 각인되어 있는 고유의 한 마을을 차마 만인 앞에 내보이기를 주저하여 아끼고 있는 것이다.

급변하는 현실 속에서 산천 어디인들 변화가 없으랴마는, 나는 누가 내게 강요를 한다 해도 예전의 고향모습을 그려낼 자신이 없다. 기억에 너무도 선명한 언덕배기 아래 휘도는 물살조차 가슴에 고이 담고 흘려보낼 따름이다. 어쩌다 어설프게라도 표현해보려 하면, 네 살 아래 남동생이 손닿을 수 없는 저편에서 손을 마구 흔들며 내달아온다. 서른둘에 꺾인 생을 망각하고 여남은 살짜리 개구쟁이가 되어 '누나'를 부른다. 하여 나는 이제껏 꼭 그리고픈 그림 한 장을 그려내지 못하고 있다.

* 2006年 2月 쓰고/ 『대표에세이동인지』 23집

물 맛

서해 시화공단이 내려다보이는 옥구공원은 산꼭대기 바위 위에 지어진 전망대가 한 몫을 한다. 일몰시각에 맞춰 오르면 서해의 붉은 기운을 한 몸에 받을 수 있는 명소이다.

그곳을 막 돌아내려오던 봄날 오후 '생금우물'이란 팻말이 시선을 잡는다. 생금! 소리 나는 대로 읊조려보아도 참으로 상큼하게 와 닿는 이름이다. 마른침이 꼴깍 넘어가는 느낌이기도 하다.

공원의 곁자리격인 산모퉁이에 깔끔한 샘집이 보였다. 다가간 즉 물줄기가 힘차다. 그런데 잠시 후 나는 경악을 금치 못했다. '…왜정 때 왜인들이 저희만 먹으려고 쇄를 채웠었다'는 안내문을 본 것이다.

　조선 말엽 오이도와 옥구도 사이에는 '똥섬'이란 아주 작은 섬이 있었는데, 이 섬에는 물맛 유명한 우물이 있었다고 한다. 바다에 나오는 사람들은 으레 이곳에 들러 목을 축이고 배에도 물을 싣곤 하였다. 그러던 것을 왜인들이 염전을 만들어 차지한 뒤로는 우물까지 빼앗아버렸다고. 우리 주민들로 하여금 생금우물 가까이에는 접근도 못하게 한 것이다.

　당시 왜인들의 횡포야 미루어 짐작하는 바, 이러저러한 일 다 접어두고라도 어찌 우물에까지 그런 장난질을 했을까. 자연의 원리로 땅속에서 솟는 물까지 탐해야만 그들의 직성이 풀렸던 것일까.

　고향에선 샘 품는 일을 연중 대행사로 여겼다. 나는 은행나무 암수가 마주보고 있는 샘물을 먹고 자랐는데, 물을 품으면 돌 틈에 숨어살던 가재들이 샘가에 흩어졌다. 아이들은 샘에서 나온 그것들이 신기해서 물가를 떠나지 않았다. 하지만 어른들은 말끔해진 샘에 가재무리를 다시 넣어주었다. 그것들이 물줄기의 통로를 일구어준다고 믿기 때문이었다. 헌데 나는 어린 마음에, 가재란 놈이 유영한 물을 먹는 것이 적잖이 께름칙하였다.

이러한 영향인지 여행길에도 우물에 관심이 쏠린다. 충청도 홍성 땅엔 김좌진 장군의 생가와 한용운 선생의 생가가 근거리에 있는데, 그곳엔 잘 보존된 우물이 있다. 관리인이 관리를 하고 있어 수질도 별문제가 없다고 했다. 나는 거기서 장수의 목을 적셨던 물에는 건강이란 의미를 담아 마시고, 문사이며 승려인 한용운 선생의 생가에선 내 몸에도 그 분의 곧은 절개와 글 기운이 퍼지길 바라는 마음으로 두레박째 기울여 마셨다. 물맛이 아주 달았다.

　그러나 옛 작은 섬 생금우물의 맛은, 혀끝에 감도는 단맛과는 달리 가슴이 먹먹한 게 어째 떨떠름했다. 감정에 치우쳐 사는 사람의 심경은 여과된 물맛조차 좌우하나보다.

* 2006年 2月 쓰고/『대한문학』 2006年 겨울호

이다음에 무엇으로 날까

동물들이 나오는 프로에 열중하던 남편이 조용히 묻는다.

"당신은 이다음에 동물로 태어난다면 무엇으로 나고 싶어? 하이에나?"

"글쎄…. 왜 하이에나냐고 물어요? 당신은 무엇으로 태어나고 싶은데?"

"…"

심연을 더듬는 남편의 표정이 지극히 평온하다.

"당신이 되고 싶은 게 있을 거 아녜요. 사슴?"

"아니. 그건 쉽게 잡아먹히잖아."

남편의 입에서 그 대답은 참으로 빨리 나왔다.

"그럼 당신이 하이에나로 나고 싶어요? 내게 물은 걸 보면⋯."

"하이에나는 싫어. 그놈은 잡식성이라 성한 것 썩은 것 가리지 않고 다 먹으니까."

"그럼 뭐가 되고 싶은데요?"

"안 잡아먹히는 것!"

"그럼 사자해요. 아니면 호랑이 하든가."

"아이 몰라. 그만하자."

신록 무성한 봄날 저녁, 우리 부부는 답도 안 나오는 대화를 나누고 있었다. 나는 아무리 골몰해도 동물로 날 만한 것이 없는 것 같아, 다시 사람으로 날 거라고 톡 쏘았다. 그러나 얼마나 선하게 살아야 사람이 되는지는 어린 날에 접한 전래동화로부터도 익히 아는 일 아니던가.

새삼 쓸쓸함이 몰려온다. 만물의 영장이라 일컫는 사람 사는 세상에서, 네 발 달린 동물의 세계를 그려보는 남편의 심사가 무엇인지 헤아려지기 때문이다. 50초반에 들어서서 차마 풀어 말하기 거북한 사연들이 그 심리에 작용하고 있다는 걸 누가 모르랴. 사회적 기반이나 가족의 건강문제가 가장의 뜻대로 잘 풀리지 않는 것에 대해 체념 섞인 푸념인 것을⋯.

이런 속도 모르고 내 친구는 나더러 "너는 토끼 돼라! 토끼가 잘 어울려" 한다. 남편이 들으면 기겁할 말이다.

* 2006年 2月 쓰다.

2 그 이름, 메타세콰이어

아무도 모르고 바람만 알게끔 윗가지를 흔들
어 맘을 전하는 저 근엄한 나무. 긴 말이 필
요 없는 무언의 대사를 그들은 은근하게 주고
받는다. 산문이 아닌 시적 운율로 살몃살몃
파르르 떨며 감성에 호소한다.

밤길

당시, 우리 동네에는 같은 학년 중학생이 그 애들뿐이었다. '숙이'와 '식이'. 그들은 꼬박 3년 동안 5리길이나 되는 학교에 함께 다녔다. 초등학교시절부터 꼽으면 어언 9년간이다.

학교가 파해 집에 올 때면 가로등도 없는 길이 그들을 기다렸다. 냇물을 건너고 들길을 지나 산모퉁이를 돌아오려면 부엉이소리 간간 들려오는데, 식이는 숙이와 나란히 걷지도 않고 한마디 말도 붙이지 않았다. 늘 저만치 앞에서 걸었다. 숙이도 식이에게 말을 걸지 않고 조용조용 뒤에서 걸었다. 묘하게도 둘 사이는 늘 한결같은 거리가 유지되었다. 숙이로서는 그 고정된 거리가 종종 의문이었다.

　그렇게 학교를 졸업하고 길이 갈려 어엿하니 중년의 강을 건너는 그들. 꼬박꼬박 동창회에 나오는 교양미 넘치는 숙이가 식이의 안부를 묻는다.

　"걔 어디서 뭐해먹고 산다냐? 통 얼굴도 안 보이고?"

　그 말을 식이의 조카 되는(동급생) '태'가 받는다.

　"그래 뵈도 숙이를 지켜주느라고 그렇게 다녔디야. 여자의 몸으로 무서워할까봐 같이 다니기는 해야겠는디, 제 걸음이 워낙 빨라 잠깐잠깐 기다려 5미터를 유지하고 걸었다는 거여."

　아! 이 얼마나 눈물겨운 배려인가. 아닌 게 아니라 식이의 몸이 좀 날렵하였던가. 철봉에 한 번 매달리면 50바퀴쯤은 거뜬히 물레질을 하고나서야 내려오던 친구다.

　30여 년 간 숙이 가슴에 아슴아슴 남아있던 그림의 베일이 벗겨지는 순간이었다.

　"바보 같은 자식! 그때 말하지."

　숙이의 말이 끝나기가 무섭게 동창회의장 안엔 폭소가 터졌다. 이어, 가만가만 심호흡을 하며 걸음을 조절하던 식이의 행동이 한껏 미화되어 꽃으로 핀다.

　세상엔 거리조절을 잘못하여 일어나는 일들이 얼마나 빈번

한가. 사춘기 소년소녀들이 그 어두운 길에서 유지해온 거리 5미터. 그리고 그 길에 깔아놓은 아름다운 침묵. ― 시방 내 상념의 숲, '매우 떨림'이다.

* 2006年 4月 쓰다.

초월을 꿈꾸며

"논두렁에 개구리는 뱀 간장을 녹이고, 우리 동네 여자들은
남자간장을 녹인다."

젊은 날에 정미소 일로 팔을 잃은 남편 대신, 가장 역할을
전담해 온 어느 시골노인의 노랫가락을 흠모한다. 열악한 배
경 따위를 진즉에 뛰어넘은 그녀의 해학을 나는 존경한다.

아버지는 말년에 병환으로 6년여를 병원에서 보내셨다. 수
술이 거푸 이어지자, 호호 불며 매달리던 자식들의 걸음이 수
술각서를 쓸 때 뜸했던 일이 있다. 제각각 살기 바쁘다 보니
오뚝이처럼 여러 고비를 넘기고 거뜬하신 아버지를 믿어 그리

되었지만 크나 작으나 수술은 수술이었다. 어머니가 다행히 한글을 알아 꾹꾹 눌러 글씨를 쓰고 지장을 찍으셨다. 그때에도 아버지는 우스갯말을 하셨다.

"병아리의사들이 '할아버지, 할아버지, 젊어서 뭐하셨어요?' 하기에 '논 갈고 밭 갈았다.'고 했다. 그러자 그 젊은이들이 고개를 갸웃갸웃하며 나가더구나."

그랬다. 아버지는 그런 분이었다. 농사일에 발이 묶인 채, 신흥종교 '동학東學'에 심취하여 풍수지리연구로 생을 마감한 분이다. 아버지도 나름대로 현실의 벽을 뛰어넘기가 참으로 버거웠으리라.

그러했던 분을 나이 들며 점점 이해하게 된다. 그래서 글 쓰는 손을 더욱 신중히 하게 된다. 어느 때는 처절하리만치 아프고 또 어느 때는 환희의 물결에 에워싸이지만, 그 양면을 다 독이는데 늘 게을리 하지 않는다.

* 2006年 봄 쓰다.

고추 서 말

점을 뺀 두 곳에 피부과의사가 손수 스티커를 붙여주었다. 예뻐지고자 하는 본능에서 얼굴을 맡겼으나, 민망한 마음은 감추기 어려웠다. 그래서 더욱 눈을 꼭 감고 있었다.

돌아오는 길, '이젠 됐다'는 자부심에 실실 웃음이 샌다. 마침내 엘리베이터 안에서 거울에 비춰본다. 헌데 어딘가 좀 어색하다. 점 자리 간의 폭이 좁다. 의사의 손길이 닿을 때 따끔했던 왼눈꼬리 옆엔 연붉은 속살이 드러나 있는데, 자외선차단용 스티커는 멀쩡한 관자놀이 한편에 붙어있다. 완전히 고추 서 말이다.

고추는 그 옛날 방물장수에게조차 저울에 달아 값을 쳐온 것으로 기억한다. 말로 되면 눌리거나 엉성할 수가 있어, 피차 간에 고른 값을 매기고자 그러한 것이다. 그런데 데이트할 때 남편이 툭하면 "고추 서 말일세" 하며 혼잣소리를 했다. 결혼을 하고보니 시어머님도 심심찮게 그 말을 쓰셨다. 알아본 즉, 유래가 꽤 재미있었다.

시댁마을 어귀에 오래된 만물상이 있는데, 사람들은 농기구나 잡화를 살 때 그곳을 애용했다. 하루는 손님이 주인더러 뭔가를 달라고 했다. 어수룩한 주인남자는 가는귀까지 먹어 되묻기를 "고추 서 말?" 하였다. 그 후 동네에서는 그 말이 유행하게 되었다고 하니, 순박한 농촌사회에서 말귀 어두운 사람을 놀리는 데에 아주 적격이었던 셈이다. 되뇌어볼수록 '배 아프다고 하자 등 문질러주는 격'으로 동문서답식이다. 만물상 주인의 애초 질문보다도 그 엉뚱한 말을 우회적으로 활용한 동네어르신들이 한층 더 해학으로 다가온다.

그러고 보니 내게도 만물상주인격의 체험이 있었던 듯하다. 공석인 세미나장에서 문단의 한 남성선배가 다정스레 다가오더니 학번을 물었다. 느닷없는 질문에 동석한 사람의 표정에 변화가 일었다. 굳이 학번을 못 댈 리야 없었지만 두 사람은 일순 당황의 빛을 감추지 못했다. 그러한 나머지 내가 뚱딴지

같은 말을 했다.

"아, 등단번이요?"

그러자 그분은 묵묵히 돌아서 갔다.

그런데 몇 년의 세월이 흐른 이즈음에도 그날의 어색한 화답이 종종 되살아난다. 석연찮은 듯 입을 닫던 선배분의 얼굴이 떠오르곤 한다. 무얼 물은 것일까. 나이에 대한 우회적 질문이었을까. 아니면 출신학교에 대한 궁금증을 그리 표출한 나름의 배려였을까. 그때 그 선배분이 우리 시댁마을의 유행어를 알았더라면 나를 두고두고 놀렸겠구나 싶다. '어허, 고추 서 말일세. 험험, 흠흠!'

이따금씩 소통이 어려운 상대를 만나면 나도 속으로 뇌까리곤 한다. '꼭 고추 서 말이네. 흠흠!'

* 2006年 5月 쓰고/ 2006年 『아름다운 가정』

개구리소리

뉘 집 뒤뜰이었을까. 넙죽넙죽한 머윗잎 사이로 나리꽃 몇 떨기가 목을 늘이고 있다.

'부곡약수터' 가는 길은 새로 튼 소풍길이다. 안양인근에서 비교적 전형적인 농촌풍경을 유지하고 있어, 우리부부는 가끔씩 전원을 느끼러 그곳엘 가곤 했다. 비록 내 소유의 땅은 아니지만 애착이 가는 너른 농지였다. 봄철이면 농수로를 따라 걷는 맛이 썩 괜찮았다.

헌데 풍요롭게 작물을 키워내던 그 들판이 어느 날부턴가 황토를 드러냈다. 게다가 한쪽 귀퉁이엔 '문화재 발굴현장'

이란 띠까지 둘러놓아 사람들의 발길을 통제하고 있었다. 어느 시대의 생활상이 저곳에 묻혀있을까. 각종 문화재를 찾아 곳곳을 딛고 다닌 일이 생각나 일순 가슴이 요동쳐왔다. 그러나 그러한 것은 잠시이고, 그때와는 달리 매우 복잡한 심경이 된다. 정든 곳을 두고 이주하지 않으면 안 되었던 오래전의 내 고향사람들이 스친다. 아울러 한 고갯마루로 옮겨 앉은 이 마을의 푯돌에 마음 머문다. 이곳엔 이제 대단위 아파트가 들어설 거라고 한다.

헛헛해진 마음으로 길을 되짚어 나오는데 개구리소리 들려온다. 차 좀 세워보라 하니 남편은 더욱 속력을 낸다. 나는 스르륵 창을 내렸다. '개굴 개골 개굴 개~골….' 여음이 자꾸만 발길을 잡는다. 그곳을 떠난 사람들의 사연인 양 주절거린다. 그렇게 서둘러 빠져나온 공사장모퉁이, 길가에 차를 세우고 대로를 향해 서 있는 사람이 눈에 띈다. '저이도 개구리소리에 가슴 젖은 것일까. 이곳에 살다가 이주해 간 사람이 자신의 흔적을 더듬으려 왔을까.' 생각하는 사이 남편이 운전하는 차는 30대쯤으로 보이는 그 남자 곁을 지나고 있었다. 그런데 그가 화들짝 허리춤을 잡는다. 그 엉거주춤한 폼에 내가 더 움츠렸다. 우리 차창은 반이나 열려 있었다. 그곳을 이만치 지나온 후, 차안엔 누가 먼저랄 것 없이 웃음보가 터졌다.

"으하하, 어히히, 하하하, 히히히…."

배를 잡고 허리를 젖혔다 꾸부렸다 하며 오장육부를 털어
냈다.

"이 사람, 이제 그만 웃어!"

"그러니까 당신이 왜 차를 안 세워요? 개구리소리 들으려
고 문을 열었잖아."

그날 사건은 순전히 개구리소리 탓이다. 심란하게 들려오던
개구리소리가 모든 죄목을 뒤집어썼다.

＊ 2006年 7月 쓰고/『대한문학』 2008年 봄호

그 이름, 메타세콰이어

　말쑥한 신사의 모습으로 서 있는 나무가 있다. 공룡이 존재하던 시대부터 땅에 뿌리를 내려왔다는 메타쉐콰이어. 이 나무는 그 생김생김이 사람을 정연하게 한다. 원추형의 하늘 향한 끝점에서 결 곧은 사람의 정점을 연상케 된다. 사람에게 있어 정점이란 온 기운을 한 방향으로 모아 세운 정신 아닌가.

　수년 전 광주 - 담양 간의 길에서 나는 이 나무에 반했다. 처음엔 그저 '가로수가 참 좋구나' 했는데, 동행한 이의 설명으로 생경스런 나무이름을 알았다. 시에서 도로 확장을 할 때조차 이 가로수들은 지역 사람들의 사랑으로 명을 이었다고 한다.

나는 거기서 쭉쭉 뻗은 아름드리들을 한눈에 담아왔다. 양쪽의 도열대가 저만치 앞쪽에서는 한데로 합쳐지는 착시현상이 일어나는데, 그건 마치 각기 다른 세계를 연출하면서 공감대를 형성해가는 사람들의 의식과도 같았다. 떨어진 듯 닿아있고 닿은 듯 떨어져있는 절묘한 거리를 그것들은 자아내고 있었다.

그 후로 메타쉐콰이어는 내안에 깊숙이 자리를 잡았다. 우리 동네에도 3백여 미터의 메타쉐콰이어길이 있는데, 몸통이 아래지역의 그것에는 미치지 못한다. 하지만 한여름이면 나름대로의 운치가 있어, 비 오는 날이면 그 품이 제법 넉넉해 보인다.

눈이라도 내릴 듯이 하늘 낮은 날이면, 메타쉐콰이어 가지에서도 오소소 바람이 인다. 바람결 따라 점점으로 흩어지는 적황색 무늬…. 그것은 가슴속에 촘촘히 저장해 둔 밀어의 분출이다. 사람들이 주고받는 숱한 언어는 자연의 미세한 몸짓을 따르기에 무리이다. 홀홀히 떨어지는 작은 잎들이 그대로 말없음표를 연출한다. 시계 초침소리마저 멈추어놓고 가만가만 숨죽이며 묵언의 노래를 들어볼 일이다. 이처럼 나는 메타쉐콰이어를 통해 침묵을 배운다.

겨울을 나고 봄에 들어서면, 마을 앞길은 어느새 능동적으로 변해있다. 다정한 연인들의 몸짓인 양 윗가지들이 하느작 하느작 춤사위를 보내온다. 정하게 결 닦은 나무가 온몸의 기를 끌어올려 매무새도 곱게 노니는 모습은 경이로움 자체이다. 곧추선 나무의 정점이 유연하게 휘어지는 건, 일상을 초월한 사람의 경지로 읽힌다. 나는 그 여유로움을 흠모한다. 초긴장상태로 붓끝 세우던 사람이 잠시 자리를 털고 산책 나와, 정인의 귓불에 대고 나긋나긋 속삭여오는 울림이다. 지레 촉을 가다듬던 정인도 이때만큼은 슬며시 안고름 풀어 젖히고 춤에 응해도 좋으리라.

아무도 모르고 바람만 알게끔 윗가지를 흔들어 맘을 전하는 저 근엄한 나무. 긴 말이 필요 없는 무언의 대사를 그들은 은근하게 주고받는다. 산문이 아닌 시적 운율로 살몃살몃 파르르 떨며 감성에 호소한다.

* 2006年 7月 쓰고/『대표에세이동인지』 23집

여름날

비어있어 차디차게 식은 고향집 아궁이에 거무튀튀한 뱀 무리가 똬리를 틀고 있다. 물컹물컹한 그것들을 고무래로 긁어내어, 한 무더기 두 무더기 부삽에 담는다. 어린 날 마당가에 흔하던 동생들의 똥덩이를 치듯, 삽을 번쩍 들어 뒤꼍 귀퉁이에 부려놓는다. 퇴비간이 아닌 뒤꼍이라는 게 어린 날과 지금의 차이라면 차이다.

'휴, 이젠 됐다. 불을 때서 밥을 지어야지.'

그러나 아궁이엔 좀 전에 내다버린 배암들이 또 진을 치고 있다. 담아내면 들어오고, 담아내면 들어오고….

어인 일인지 뒷문 건너편 장독대에 나앉은 아버지는 정갈한 옷차림에 묵묵하시다. 먼 길 떠나신지 오래건만 딸이 하는 짓을 유심히 보고 있다. 거들지도 막지도 않는 침묵의 시간…. 아궁이와 뒤꼍 사이, 부엌과 장독대 사이, 그리고 아버지와 딸 사이에 알 수 없는 정적만이 흐른다.

도대체 어쩌란 말인가. 어찌 처신하란 묵시의 답인가. 매몰차게 내칠 수도, 통로를 차단할 수도 없어 사알 살 다루는 심연의 내 손길을 아버지는 이미 눈치 채셨던 걸까. 그 인정이 애처로워 저렇듯 보고만 계신 건가.

그러는 사이 위기상황이다. 걷잡을 수 없는 뱀 무리에 에워싸이고 만다.

"엄마! 엄마! 아아악!"

소스라쳐 부릅뜬 눈엔 창 너머의 푸른 산이 와락 안긴다. 가위눌린 심장은 수축기능을 잃어, 한동안 잠잠하다. 망측하기 짝 없는 우기雨氣 속의 한 여름날 낮 꿈. ― 별 것 아니라고 치부하기엔 꿈속 영상이 하 선명하여 밤낮 없이 따라붙는다.

오래 전부터 선인들은 삶을 사계에 비추어 노래하였다. 봄, 여름, 가을, 겨울. 다시 말해 유년기, 청년기, 중년기, 노년기. 그럼 지금 나, 서 있는 마흔 일곱의 이 지점이 황공하게도 사계의 여름날이란 말인가. 이렇듯 얄궂은 꿈에 치인 것을 보면.

우기가 지나면 머잖아 가을이 올 것이다. 하늘 빛 청명하고, 녹음은 꾸덕꾸덕 물기를 거둘 것이다.

— 인생길에도 가을이 들면 건기가 찾아오려나.

* 2006年 7月 쓰고/『월간문학』 2006年 9月호 '대표에세이 5매수필' 특집

서장대 불빛

저녁놀이 뜨거워 데일 듯한 핏빛이라면, 수원화성의 서장대 西將臺 불빛은 유장하기 이를 데 없는 진노랑 달빛이다. 섬세한 문양에 에워싸인 만월滿月이, 고고한 품위를 지탱하다 못해 발산하는 열기라 하면 어폐가 있으려나. 그해 팔달산능선을 타고 서쪽으로 휘돌아간 성곽아래서 맞이한 서장대 불빛은, 사람으로 하여금 만 가지 형용사를 잊게 하였다. 나는 팔달산 정상에 뜨는 달로 착각을 하였고, 한시에 능한 석학 한 분도 '캬!' 소리 외에는 다른 언어를 찾지 못했다.

서장대의 그 찬란한 빛 앞에서 말을 잃은 나는 아름다워 슬프고 슬퍼 아름다운 모순의 빛을 떠올렸다. 사람과 사람 사이 교감의 빛을 축약하면 바로 저 빛일까 싶었다. 동행한 어른의 젊은 날이 서장대 불빛에 투영되어 침묵으로 흐르는데, 그 침묵 속엔 내 미래의 노년이 어룽이고 있었다.

연 전 입추 날, 문단의 한 어르신이 나를 화성으로 안내한다 하여 순순히 따라나섰다. 귀뚜리 소리 청아한 날에 성의 역사를 헤아리며 걸어보는 맛은 썩 괜찮았다. 서로 아귀를 맞춘 채 이백여 년의 세월을 버티는 돌들이 그날은 죄다 인생경륜이 높은 어르신 같았다. 어른의 이야기를 돌이 듣고 돌의 이야기를 어른이 들어, 나는 뒤만 따라도 심심치 않았다.

화성이 조선 영~정조 시대에 다산 정약용의 설계로 축조되었다는 점은 누구나가 아는 일, 성을 끼고 팔달산에 올라 굽어보면 정조대왕이 임시로 묵으며 정사를 보았다는 행궁이 한눈에 들어온다. 왕을 호위하던 군졸들의 함성도 우렁우렁 울릴 것 같다.

그런데 팔달산 정상에서 위용을 뽐내던 장대가 제 모습을 잃었다는 뉴스가 나왔다. 나라가 위기에 처했을 때 저 멀리까지 빛으로 신호를 보내던 화성의 축 서장대가 불에 타버렸다. 서장대는 이미 유네스코에서 지정한 세계의 문화유산이라고 하는데 어처구니없게도 20대 취객의 객기로 그만 비운을 맞고 말았다. 그 소식을 접한 어른은 무척이나 애석해 하셨다. 복원되면 다시 한 번 걸어보자는 게 은연중의 약속이었다.

가슴을 훑는 풀벌레소리 찌르륵찌르륵 들려온다. 소실되었던 서장대는 옛 모습 그대로 의연한데, 여름과 가을 사이를 껑충 건너지 못하는 나는 선들바람 속에 마주하던 그해 입추 날의 불빛이 사뭇 그립기만 하다. 두런두런 인생길을 풀어놓던 석학께서 망초꽃 무덕무덕 하얀 날에 생 저편으로 서둘러 떠난 까닭이다. 들려주실 숱한 말씀을 고스란히 품고서.

'선생님! 무엇이 그리도 급해 총총 가셨습니까. 들어 배울 게 많고 들려드릴 말씀도 무수히 밀려 있는데요. …문학의 길에서 어쭙잖은 제 글을 찬찬히 읽어주시어 고맙습니다. 선생님의 작품세계를 주절거리며 행복했습니다. 편안히 잠드소서. 그때 그 고유한 문창살에 휘발유를 끼얹어 일을 낸 젊은이는 도대체 무슨 사연을 세상에 알리려고 그토록 큰 불을 놓은 것일까요.'

* 2006年 7月 쓰고/『대표에세이동인지』 23집/『계간수필』 2010年 가을호. '덕계 허세욱 선생 추모'

노을 앞에서

문장수업을 받으러 오는 학생들과 석양빛을 감상할 때가 있다. 그럴 때면 아이들의 감흥을 살리기 위해 즉흥적인 글쓰기를 시도해보기도 하는데, 놀라운 것은 석양을 대하는 아이들의 눈빛이 매우 촉촉하다는 것이다. 아직 무지갯빛이나 쫓으며 막연한 감상을 꿈 꿀 법한 초등학생들이 해넘이를 지켜보며 더러 이별을 그려낸다. 전학 간 친구는 물론이고 돌아가신 할아버지에 대한 그리움까지 몇 줄의 글에 담아낸다. 그러한 아이들을 보며 나는 그만 할 말을 잃는다.

오후 4시라지만 무더위가 기승을 부리는데 큰애가 자동차 키를 챙겨 튀어나간다. 어깨엔 이미 카메라 끈이 걸려 덜렁거리고…. 다그치자 노을을 보러 간단다. 이틀 전엔 에어컨마저 고장 난 차로 영흥도까지 다녀오더니 종내 마음을 못 잡고 방황하는 기색이다.

나는 정신이 번쩍 들어 입은 채로 따라나섰다. 선산벌초가 있어 설거지로 몸을 혹사한 날이지만, 이대로 아이만 내보내는 것은 어미가 아니라 여겨졌다. 게다가 그 시각에 석모도 보문사가 목적지란다. 거기서 무엇을 볼 것인가. 그리고 무엇을 얻을 것인가. 아이의 의중을 헤아리느라 나는 말을 아꼈다.

평소 속이 깊은 아이지만 제 신상에 대한 정밀검사를 재차 의뢰하고 기다리는 중이니 발표 때까지 좌불안석일 수밖에. H대학병원에서 관리하던 아이를 Y대학병원으로 옮겨놓고 이제 하루 뒤면 질병에 대한 재확인이 되는 날이었다.

한참을 굽이돌아 외포리선착장에 다다랐다. 거기서 차와 함께 배를 타고 보문선착장까지 갔다. 선상에서의 시간은 짧았지만 아이가 카메라를 내밀기에 중간조준을 잘하여 찍어주었다. 저도 화장기 하나 없이 후줄근한 나를 한 컷 담는다. 그리고 해안도로를 달려 보문사로 향했다.

법당에 들러 나오는데 5백 나한상 시주 받는다는 글귀가 기왓장에 적혀 있다. 불공비가 얼마 들든 간에 병이 가벼워질 수만 있다면 선뜻 시주를 하고 싶다. 갈피를 못 잡고 서성이는데, 이를 눈치 챈 아이가 내 옷소매를 잡아끌어 바닷가 언덕에 세운다. 이미, 결과는 다 나와 있을 거라면서.

아이가 그토록 보고 싶어 하던 노을은 흐릿하게 구름에 가려져 있었다.

"별로 붉지가 않네."

아이의 뇌까리는 말을 받아 나는 더 붉지 않아서 다행이라고 했다. 아이도 고개를 끄덕였다.

돌이켜 생각할수록 그날은 수평선에 걸린 해가 고혹적이지 않아 좋았다. 만약 선홍빛의 해가 가감加減 없이 우리 모자를 비췄더라면, 그 헤벌어진 속내를 어찌 감당하였으랴. 세상일은 은은한 것이 더 많은 말을 들려줄 때가 참으로 많다.

* 2006年 8月 쓰다.

무엇으로 사는가

명랑하기 이를 데 없던 친구가 마흔 중반을 넘기며 웃음을 잃었다.

"왜 사나 싶어. 소리 없이, 흔적 없이 죽는 방법을 연구 중이었어."

"안 그랬겠니? 그래도 가족들이 건강하잖아. 건강하여 기가 성한 것은 다행이야. 나는 어디에 하소연해도 안 될 때 웃는 걸 배웠어. 주변의 복닥거리는 일들은 아무 것도 아니야. 인간의 힘으로 안 되는 일 앞에서 그걸 배웠어. 그럴 때 나를 살아있게 한 것이 사랑이야. 그 힘이 나를 버티게 했어. 늘 그래. 첫사랑이 그렇고, 독자의 사랑이 그렇고, 형제 간의 사랑이 그렇고….”

“그대는 사랑받는 사람(대상)도 많다.”

“그렇지? 내가 그만큼 사랑하는 거야.”

친구의 말이 잠시 끊어졌다가 다시 이어진다.

“무엇으로 사나 연구 중이야.”

“사람은 상대방의 반응으로 사는 거야. 그 대상이 여성이든 남성이든 반응이 없을 때 갑갑하잖아. 그건 다른 말로 관심이야. 그것이 스스로를 살게도 하고 죽게도 하는 거야.”

“맞다. 그거다.”

“봐. 나를 만나면 답이 나오잖아. 산 사람들 간에 감정으로 얽힌 일은 얼마든지 풀 수 있어. 세상살이에서 그건 어쩔 수 없는 일이 아니니까.”

실로 귀한 시간, 인적 뜸한 정동길을 걸으면서 모처럼 친구의 미소를 보았다. 주먹구구식의 내 처방이 어설프게나마 효력을 발휘한 모양이었다. 사람의 영혼이란 고고하고도 단순하여, 대기 속에 흐르는 미세한 바람결조차 훈김일 때가 있다.

* 2006年 여름날 쓰다.

3 피사체 너머에는

잔잔히 흐르다가 여울목에 부딪쳐 소용돌이
를 일으키는 물처럼, 사람의 감정이 사물과의
사이에 존재한다. 또 이쪽과 저쪽 사이 그 여
백에는, 채우면 채울수록 빛나는 사유가 흐른
다.
우리가 예사로 지나치는 피사체 너머에는 필
시 보이는 것 이상의 그 무엇이 있다.

선견지명

　예감이 잘 맞는다고 기뻐하는 사람들을 이따금 만나게 된다. 어떤 이는 외려 그것에 끌려 다니며 사는 것 같기도 하다. 잘 맞지도 않는 것을 억지로 짜 맞추려는 행동이 눈에 띌 땐 웃음이 나온다. 한 번은 막내시동생이 어설피 아는 소릴 하려 하기에 그런 거 절대 즐기지 말라고 따끔하게 주의를 주었다.

　나는 자랄 때부터 선견지명이 있는 사람을 좋아했다. 덕망 있고 유식한 사람이나 보유했음직한 고유의 눈. 그 눈으로 암울한 미래를 내다볼 수 있어 뭔가 길을 밝힐 수 있다면 얼마나 좋을까 싶었다. 아울러 그만한 위치에서 예견을 하려면 얼마나 눈이 맑아야 할까. '신을 통하거나 하는 등속의 것에 의존하는 것이 아니고, 다만 나를 갈고 닦아 스스로를 비추는 거울로 앞을 내다볼 줄 안다면' 하는 바람을 막연히 품고 살았다. 하여 습관처럼 내면을 들여다보며 현실과 다른 세계에 의식의 추를 놓았는지도 모른다.

청소년기, 산업현장에 몸 담았던 일이 있는데 그런 중에도 잠시나마 휴식시간이 주어질 때면 사색의 공간을 찾곤 하였다. 어느 때는 세든 주인집의 잔디 너른 정원 징검다리를 밟고 가, 연못가에 앉아서 명상에 잠기곤 했다. 특히 목단꽃송이 벙긋거리는 봄철이면 스스로를 바로 가누기가 힘겨웠다. 그럴수록 현실과 이상세계 사이에서 갈등이 커져만 갔다.

그러다 보니 주변엔 친구가 별로 없었다. 더러 여성잡지를 사 읽는 공원들이 있었지만 나와는 너무도 동떨어진 세계의 사람들이었다. 그들의 시각에선 내가 별난 사람이었을 것이다. 일반적인 수다에 섞이질 못하고, 머릿속에 늘 독특한 세계를 그려나가는 얼치기이니 유별나게 느껴졌으리라.

최근, 가까운 사람이 꿈길에 하얀 모시옷을 입고 온 모습을 보았다. 정갈하긴 했지만 평소 흰색을 싫어하는 사람인지라 일순 불길한 예감이 들었다. 하지만 앞선 생각이 일을 부를까봐 재빨리 삿된 여운을 지워버렸다. 그러나 오래지 않아, 그의 어머님 부음을 접했다.

인생경륜이 있는 사람이라면 이 정도의 예지叡智력은 누구
에게나 있음직한 일이다. 그러나 나는 이제, 선견지명 따위는
아예 모르는 무식쟁이이고 싶다.

* 2006年 10月 쓰고/『군포문학』 2008年/『에세이문학』 2014年 여름호

생명

집에서 기르는 잉꼬가 알을 낳았어. 메추리알보다 조금 작은 것 한 알을 새장바닥에 덩그마니 떨어뜨려놓았지 뭐야. 작은 아이 학원 간 뒤 내가 한 번 놀라고, 퇴근한 남편이 놀라는데 그건 놀라는 차원이 아니야. 생명의 근원에 대한 경외감이었어.

"어! 알 낳았다!"

할 때 그 눈빛은 예사의 빛이 아니었어. 달포 전에 돌아가신 어머니가 살아오시기라도 한 듯, 환희에 찬 희열이었어. 시름시름 가을을 앓던 사람의 얼굴에 금세 화색이 돌았으니까. 그 표정이 하 진지하여 난 한 마디도 못하고 있었어.

남편은 둥지를 넣어줘야 한다며 부산스레 움직였어. 어느 틈에 아이 손바닥만 한 복숭아케이스를 구해 새장에 넣어주는 거야. 나는 물끄러미 거실바닥만 바라보았어.

마침내 새장에 그의 커다란 손이 쑥 들어갔어. 그리고는 다짜고짜 알을 집어 들더니 임시둥지에 막 넣어주었어. 생각들 해봐. 그 큰 손안에 쏙 든 작은 새알을….

다음 순간, 움찔하며 내뱉는 소리가 너무 가슴 아팠어.

"에이, 가짜잖아…."

허망스레 물러나는 표정이라니, 그 실망감이라니 쯧쯧.

'인공닭둥우리' 안의 알을 가지고 작은놈이 먼저 장난을 친 거였어. 장식용 둥우리에서 뽀얀 털까지 보송보송 묻은 것을 골라 새장에 넣어둔 거야. 중학교 3학년이나 된 그 녀석이 먼저 생명을 상대로 사기를 친 거라고.

그 후 남편에게… 어머니는 분명 돌아가신 분이었어. 그런 것을 우리 사람들은 잘 몰라. 그래서 꿈속에까지 치렁치렁 끌고 다니는 거야. 혹은 끌려 다니고. 생과 사에 있어 이쪽과 저쪽의 구분이 모호해 두리번두리번하면서 말이지. 그러면서 자신의 생도 이만치 기울어 있는 거야. 모두들 공감하시지?!

* 2006年 11月 쓰다.

가을 낙엽

산 아래 마을에 산다. 앞산 나무들이 수런수런 몸을 섞고 몸을 푼다. 낙엽 몇 장 바람타고 공중비행을 한다.

유독 붉은 잎새 하나, 팔랑팔랑 다가와 11층 내 창가를 들여다보고 이내 마당귀 오동나뭇가지로 날아간다. '아, 그래. 오동꽃이 곱게 피었었지. 그 향에 취하여 정신 나간 사람처럼 저 나무 아래를 배회했었지. 보랏빛 꽃물 여울지는 가슴 여미기도 하면서….'

어느 봄날의 심연心淵 올칵거리는데 한 장 또 낙하한다. 아침햇살 받아 양 날개가 반짝인다. 노랑나비보다 더 바삐 팔랑

대는 갈색이파리. 가는 길이 바쁘다. 보는 눈도 바쁘다. '무얼 저리도 찾고 있는 것일까.' 두런두런 생머리 늘어뜨리고 성당 가는 여학생들의 어깨를 스치고, 빨간 벽돌담장 훌쩍 넘어 내가 처한 아파트광장으로 들어선다. 그리고는 재빠른 동작으로 작은 원을 몇 바퀴 그리더니 서서히 날갯짓이 잦아든다. 폐타이어 몇 개 모아 간이텃밭 이룬 마당복판 과꽃 옆에 살포시 무게를 눕힌다.

'제 소명 다하고 지는 나뭇잎도 그저 뚝 떨어지는 게 아니구나. 저 누울 자리 찾아 저렇듯 분주하구나. 그래서 내 뜰에는 갈참나무 잎새도 벚나무 이파리도 날아와 수를 놓는 것이로구나. ― 저들의 마지막을 내가 지켜주는 것이로구나.'

* 2006年 11月 쓰고/『현대수필』 2008年 가을호/『아름다운 세상』
2008年 11月호 詩풍경

손바닥배미

카니족 사람들은 돼지가 옆으로 누워있는 모양으로 논을 만들었다고 한다. 돼지가 복을 준다고 믿는 성향이 우리나라의 그것과 같은지는 잘 모르지만, 능선에 기댄 다랑논의 모양이 한결같다. 숲과 안개, 구름과 물, 그리고 벼가 어우러져야 쌀을 낳고 식량을 얻을 수 있다는 그들의 자연 숭배사상이 사람을 숙연케 한다.

친정 가는 길에도 다랑논을 만날 수 있다. 특히 차령산맥을 휘돌아가는 길목에서 잠시 쉼을 하며 내려다보던 작은 논들은 한 폭의 수채화였다. 여러 길손들의 가슴에 잊혀져가는 향훈좔

薰으로 자리하던 고만고만한 논 골짜기. 지금은 차령고개에 터널이 뚫려 아스팔트 안에 곱게 묻혔다.

고향시냇가에 다랑논 몇 배미가 있었다. 그중에서도 가장 작은 논을 잊을 수가 없다. 1년 농사라야 벼 한 말 나는 손바닥배미인데, 나이 열네 살에 아버지로부터 하사받은 네모반듯한 내 논이었다. 남의 땅 도지를 내야만 벼농사를 짓던 시절, 개울가의 문서 없는 그것들은 아버지가 개간한 우리 것이었다. 수확물을 땅임자에게 상납하지 않아도 되던 온전한 내 것. 쭉정이가 반이나 되어도 걱정 없던 땅. 큰물 질 때 귀퉁이가 떠내려가도 할 말 없던 땅…. 그래도 현실에 발목 잡혀 옴짝달싹 못하던 청소년기의 내게 가없는 희망으로 넘실거리던 논이다.

지금도 길을 가다가 다랑논을 보면, 남몰래 가슴이 쿵덕쿵덕 뛴다. 묵고 있는 논배미 하나 폭폭 떠서 단걸음에 훔쳐오고 싶다. 흐르는 물가에 나무껍질 홈을 놓아 물을 대고, 봄 햇살에 토실한 독새풀 갈아엎어 논두렁 반질반질 붙이고 싶다. 그리고는 모秧 두어 춤 눈어림으로 줄맞춰 꽂아 실한 농사 한 번 거두고 싶다. 그 쌀로 소반지어 정다운 사람들과 무릎 맞대고 둘러앉아 후후 불며 나누고 싶다.

어느새 세상에서 가장 작은 논배미 하나 녹음 빛 짙게 뿌리

어우러지는 소리, 충만한 노래로 들어앉는다. ― 흰 쌀밥 닮은
미소들이 훈김으로 퍼진다.

* 2006年 12月 쓰다.

노루발

생각지도 않은 곳에서 사람의 키를 넘는 노루발을 만났다.
경기도 여주 명성황후 생가生家마을 작은 연못 주변에 2층짜리
정자가 있는데, 바로 그 앞에 한글 말살정책의 상징인 노루발
이 있었다. 언젠가 한 국회의원이 노루발로 누군가의 입을 봉
한다하여 문제가 되기도 했는데, 여기서 그 물증을 대하니 가
슴엔 걷잡을 수 없는 풍랑이 일었다. 일행들은 정자에 올라 주
변관망을 하지만 나는 쉽사리 걸음이 떼어지지 않았다.

뼈가 덜 여문 채로 사회에 나와 사람으로서 대접받길 간절
히 원한 적이 있다. 7,80년대의 농촌경제는 이루 말할 수 없

이 어려운 실정이어서 너나없이 도회지로 돈을 벌러 나왔다. 낮엔 일을 하고 밤에라도 공부할 수 있는 사람은 그나마 혜택을 누리는 사람이었다. 대부분의 근로자들이 부모형제를 위해 월급을 송금하기 일쑤였다. 얼마 되지 않는 급료라 해도, 그것들은 고향에서 크게 소용되었다. 농사밑천이 되기도 하고 혈육의 학비가 되어 정신들을 키워냈다.

그렇기 때문에 어린 공원들의 적은 월급이 미뤄지면 절대 안 될 일이었다. 일한 대가를 정당하게 대우받는 것을 그들은 최고의 인격대접으로 쳤다. 그 무렵 내게도 숱한 동생들의 학업이 달려있었다. 허나 당시 의류업체들의 자금은 그리 원활하지 못한 모양이었다. 하루 이틀 미루다가 1주일 2주일이 넘어가면 가슴속에서 불끈불끈 불이 솟았다. 이차저차로 의분에 차서 일을 할 때면 손가락엔 가차 없이 바늘세례를 받았다. 노사勞使간의 마찰이 손가락과 노루발 사이의 규칙을 무너뜨려 일어난 사고였다.

노루발이야말로 재봉틀의 밑실과 윗실을 조화롭게 얽어 새로운 것을 창출해내는 작용을 하지 않는가. 그 어떤 재질이든 노루발 밑에 물리기만 하면 온전히 빠져나올 수가 없다. 단단히 박혀져서야 스르르 밀려나온다. 그런 식으로 일본은 우리말을 앗아다가 자기네 말로 눌러댔다. 그걸 잊지 말자는 노루발이 서 있다.

거기서 몇 걸음 옮기면 명성황후 기념관이 있고, 나지막한 뒷산이 울타리로 둘러쳐져 있다. 산이랄 것도 없이 밋밋하여 그녀의 짧은 생을 대변하는 듯 보였다. 위태로운 나라현실 속에서 어디 한 곳 기댈 곳 없어 '청을 끌어다 일본을 친다'는 정책을 폈던 여인. 나지막한 뒷산이 한 국모의 연약했던 배경으로 읽힌다.

그곳을 다녀온 지 벌써 여러 해가 지났건만, 인권과 관계된 그 대형조형물이 아리고도 슬픈 영상으로 남는다.

* 2007年 1月 쓰고/『자유공론』 2007年

눈길

길은 희망의 끈이다. 무한한 흡인력을 지니고 있다. 앞길 저만치에는 신비의 요체가 기다릴 것만 같다. 그래서 가다가 멈추어서면 그 다음 길에 대한 궁금증에 몸살을 앓기도 한다.

대로에서는 별로 매력을 느끼지 못한다. 어쩌다 소로小路에 들어서면 그 길의 방향이 어디로 났는지, 혹은 어느 마을과 이어지는지에 대해 강한 의구심이 인다. 그럴 때면 되돌아올까 하다가도 유혹을 떨치지 못해 더 나아갈 때가 있다. 그렇게 가 닿은 곳이 매우 신선하여 희열에 차기도 하지만, 어느 시골집 마당이거나 도시의 철재대문이거나 할 때의 막막했던 기억도 몇 번 있다.

딛고 다니는 길에도 인연이 있다. 같은 곳을 여러 번 갈 때가 있는데, 태백산기행이 이번으로 다섯 번째다. 오래 전 처음 찾아간 곳은 경북 봉화군에 속해있는 한 사찰이었고, 그 나머지는 눈 축제로 알려진 '당골'이다. 당골의 경우는 오가는 길의 정경이 좋아서 나서곤 하는데, 먼 길을 내달린 뒤 맛보는 고요가 그리워 늘 가슴 속에 담고 사는 곳이기도 하다.

그 길엔 공교롭게도 비를 만난다. 봉화에서는 밤샘기도 중에 보슬비가 내려 그대로 가부좌를 튼 채 새벽까지 몸을 적셨는데, 당골을 향할 때에도 번번이 비가 내렸다. 그래도 그곳에 가면 눈을 만날 거라며 겨울에 대한 미련을 털지 못했다.

예상대로 강원도에 접어들자 산이 희끗희끗하다. 동강을 지나면서부터는 준령을 휘감는 운무가 넋을 잃게 한다. 그러다가 목적지에 다다를 무렵엔 역시 함박눈이다.

태백산. 무엇엔가 이끌리어 자주 찾는 곳. 허나 그때마다 하필 겨울이어서 산행은 한 번도 이뤄지질 않았다. 그런데 그 날은 아예 작정을 했다. 허벅지가 빠지는 길을 네 발로 걸었다. 왼편엔 석탄박물관이 있고, 오른쪽 아치형의 다리 건너에는 단군신전이 있다. 추녀에 매달린 고드름이 햇살을 받아 더욱 투명하다. 나는 실내에 들르지 않고 밖에서만 놀기로 한다.

곧게 솟은 나무들 사이로 길을 오른다. 잘못 가면 허방이다. 비뚤비뚤 걷지 말고 바로 걸어야 한다. 까마귀들이 여느 곳의 까치 떼처럼이나 몰려와 노는 마을이다. 이 나무 저 나무 가지 위에서 까악 가아악대며 나그네의 발걸음에 반주를 넣는다. 저 날짐승들하고도 어느새 정이 들어버렸다.

　얼마쯤 올랐을까. 등산로로 이어지는 계곡에 목조다리가 놓여있다. 그리고 다리난간에 '사랑의 눈 길 걷기 종착점'이란 현수막이 핑크빛으로 걸려 나부낀다. 아, 그럼 이 길이 '사랑의 눈 길'이란 말인가. 괜스레 가슴이 뭉클해온다. 누가 지었는지

적확하다. 이 호젓한 길을 걸으며 온전할 사람 어디 있겠는가.

되돌아 내려오는 길, 웬 나무 한 그루가 허연 눈을 덮어쓰고 봉황인 척하고 있다. 잔가지 사이로 내리비치는 햇살이 눈부시다. 가슴속은 온통 훈기뿐이다. 이번엔, 막다른 길목까지 다녀오길 참 잘했다.

* 2007年 1月 쓰고/『삶을 가꾸는 사람들』 2007年

피사체 너머에는 · 1

— 신화神話

    사진 찍을 때는 미처 몰랐다가 렌즈에 담긴 풍경이 경이로워 감탄할 때가 있다. 사진기술이 문외한인 나는 길을 가다가 기이한 형상을 만났을 때 그저 놓치고 싶지 않은 마음에 몇 컷 담아오곤 한다. 그런데 그런 물상들이 종종 힘 좋게 살아난다. 어느 것은 신화로, 어느 것은 원형상징으로, 또 어느 것은 이승과 저승까지를 이어주는 다리가 되어 그 나름의 성격을 띤다.

    한라산 등반길에 찍어온 사진을 들여다보다 말고 내 눈을 의심했다. 눈빛 형형한 호랑이와 곰이 모니터화면을 가득 채

우고 있었다. 그런데 호랑이는 산을 향하고, 곰은 확 트인 산 아래 저편을 향해 서로 엇갈리게 곧추앉아 있다. 정해진 시각에 약속장소에 닿느라 주변을 세세히 살피지 못하는 점이 안타까워, 능선에 돌기처럼 돋아있는 바위들을 드문드문 카메라에 담아왔던 것이다. 그것이 여행길에서 걸음 더딘 사람이 부릴 수 있는 최대의 욕심이었다.

저들은 신성한 영산에서 언제부터 저렇게 저 자리를 지켜왔을까. 예부터 제주도주민들은 백록담에 올라 '산천제山川祭'를 지냈다고 한다. 영산에 기도하여 얻고 싶은 것이 어디 하나둘이었을까. 사방이 바다인 섬사람들의 생활상에서 많은 것을 생각해보게 된다. 여인들은 우선으로 고기잡이 나간 남정네들의 무사귀가를 빌었을 것이고, 대대로 섬을 지켜나갈 손孫을 염원하며 떡시루를 안고 이고 산에 올랐을 것이다.

호랑이와 곰이라. 단군신화로 풀어보면 피사체 너머의 형상이 금세 이해된다. 호랑이의 야성과 곰의 인내를 우리가 다 알지 않던가. 3주간의 실험에 못 견딘 호랑이는 본성대로 산을 지키고, 사람이 되고자 하여 뜻을 이룬 곰은 사람 살아가는 아랫마을을 바라보며 굳어있는 것을. 곰이 인간과 좀 더 가까이 있는 모습이다. 광채를 내는 호랑이의 눈빛과 곰의 눈빛까지 어쩌면 저리도 선명할 수 있단 말인가. 게다가 조금

떨어진 곳엔 꼬랑지 튼실한 다람쥐도 노닐고 있다. 여행길에
얻은 덤 중의 덤이다. 전혀 예상치 않았던 소득에 기운이 솟
는다.

　울퉁불퉁한 바위에 햇살이 조화를 이루어 만들어내는 상이
련만, 렌즈에 잡힌 모습은 그 이상이었다. 눈으로 보고 체험한
어떤 세계도 사람이라는 특수한 그릇에 들어와 가지각색으로
형상화 되어 세상으로 나아가지 않던가.

만약 그때 내가 그 자리에서 저 형상들을 알아보았더라면, 하산 길은 한 마장(약 393m) 쯤이나 더 길어졌을 것이다.

* 2007年 1月 쓰고/『펜문학』 2007年 봄호

피사체 너머에는·2

– 원형原形

보슬비를 맞으며 남해 금산錦山의 봉수대를 향해 오른다. 봉수대는 금산의 정상으로 해발 681미터가 되는 해상공원이다. 애초엔 계획에 없던 곳이어서 거의 무지상태였다. 헌데 보리암과의 갈림길에서 산 정상이 멀지 않다는 안내판을 보고난 후, 발길은 엉뚱하게도 그쪽을 향하였다.

혼자 걷는 길이 무안할 정도로 둘, 아니면 셋씩 행보를 맞춘다. 나는 사람들로부터 일부러 떨어져 몇 발짝 거리를 둔다. 앞서 걷는 사람들의 다감한 대화를 방해하고 싶지 않은 심산에서였다.

습성대로 그렇게 또 혼자가 되었다. 길을 나서서 누구와 함께일 때는 사물이 잘 들어오지 않는다. 사물이 들 자리에 사람이 들어 정신세계를 점령하는 까닭이다. 그렇다고 꼭 사물을 들이기 위해 사람을 멀리하는 것은 아니다. 이런저런 구속으로부터 놓여나 혼자 걷는 길을 즐기는 것이다.

산에서 만난 대숲 곳곳이 닭둥우리처럼 가라앉아 있다. 어릴 때 짚 덤불에 들앉아 놀던 대로 아늑해 보인다. 누군가가 부스럭거리며 걸어 나올까봐 지레 겸연쩍어진다. 숨바꼭질하는 아이들처럼 꼭꼭 숨어 내 눈에 띄지 않길 속으로 뇌까린다. 그러면서 쏜살같이 대숲 사이의 오솔길을 지나친다.

그러자 평평한 바위 군群이 등장한다. 거기 올라서면 전망이 좀 더 시원해보일 듯싶다. 허나 그곳에도 한 쌍의 남녀가 서 있다. 나는 또 훼방꾼이 될 뻔한 것을 간신히 모면하고 길을 오른다.

이젠 정말 바위군락이다. 안개가 심해 양쪽으로 손을 짚어가며 걸어야 했다. 고려 의종 때 세워 조선시대까지 사용했다는 봉수대자리가 장엄하다. 웅장한 바위엔 누가 새겼는지 모를 글귀들이 음각되어 기상을 뽐낸다. 기암괴석 군데군데에는 구멍을 뚫어 깃대를 세웠음직한 자욱이 우리의 역사를 말하고 있었다. 이곳에 와보지 않았으면 상상도 못할 정경이다. 힘센

장수가 우악스런 손 내밀어 허겁지겁 오른 내 손을 덥석 잡는 느낌이다. 남해가 바라보이는 산 정상에서 긴긴 세월 망을 보며 머물렀을 사람들, 나는 맘을 다해 그들의 노고를 치하한다.

몇 걸음 거리에 돌로 둘러쳐진 망대가 있다. 그 위에 냉큼 올라서서 짝 앞에 교태부리는 나이 든 여자가 있어 눈살이 찌푸려진다. 한 마디 따끔하게 꼬집고 싶었으나 '저 여인에게도 사람이 사물을 지배하여 일어난 현상이지' 하고 꿀꺽 삼켰다.

일행과의 약속시간을 떠올리며 내려와야 할 시각이다. 하지만 이 먼 곳에 언제 다시 오랴 싶어, 바위와 바위 사이를 껑충

껑충 건너다니며 곳곳을 둘러보았다. 그러다가 막 돌아서려는데 풀쩍 건너뛴 자리에 가느다란 물줄기가 흐른다. 바위 복판에 층이 이뤄져 물이 머물다 흐른 자국까지 역력하다. 그 홈패인 곳엔 어디서부터 밀려왔는지 모를 모래가 몇 줌 가라앉아 있었다. 여기도 사람 사는 곳이었으니, 옛날부터 생의 근원이 되는 물이 있었으리라. 그런데 카메라를 조준하던 나는 놀라움을 금할 수 없었다. 그건 다름 아닌 여성의 '원형原形'이었다.

그 후 방치해 온 그 사진을 이 글을 쓰는 동안 다시 열어보게 되었다. 헌데 그 작은 소에는, 보슬비 흩뿌리던 날씨와는 무관하게 파아란 하늘이 들어앉아 있다. 그 생경스런 거울에 그만, 카메라를 들이대던 내 모습이 단단히 잡혀있다. 아무리 뛰어난 재담꾼이라 하더라도 이 피사체 너머의 세계를 어찌 풀어 말할 것인가. 그저 영이 육이고 육이 영이라고 말할 수밖에. 이 둘은 떨어져 있는 듯 하면서도 함께일 때가 많다.

* 2007年 1月 쓰고/『펜문학』 2007年 봄호

피사체 너머에는 · 3

― 공간空間

이육사 시비 맞은편 강 건너 산, 한 남정네의 무덤에서 머리카락 미투리가 나왔다고 한다. 젊은 나이로 세상 뜬 남편을 위해 아내가 넣어주었던 것. 황망함 속에서 청상의 아내는 스스로 머리를 잘랐을 것이다. 사랑하는 이 옆에 묻히고 싶은 마음을 가무리며, 임의 발에 꼭 맞을 미투리를 한 올 한 올 자았을 것이다. 그것을 남편의 시신 곁에 놓아두고 물러나는 여인은 얼마나 통한의 눈물을 흘렸을까.

그로부터 수백 년이 흐른 후, 그 지역 사람들은 그들의 사랑을 기리기 위해 달그림자 비치는 곳에 다리를 세웠다. 그게 바로 미투리모양의 나무다리이다. 그 다리가 낙동강 이쪽과 저쪽을 잇고 있다. 마치 이승과 저승을 잇듯이…. 다리 위에는 '월영루'라는 정자가 있다. 그리고 그 다리에서는 한 시간에 한차례씩 날개모양으로 분수가 뿜어진다. 꼭 천상계의 날갯짓으로 보인다. 그 동작에 의해 이쪽과 저쪽이 이어질 것만 같다.

몇 해 전 9월, 그곳에 갔다가 그대로 주저앉아 멎고 싶었던 적이 있다. 달그림자 비친다는 다리에 서니 생각이 만 갈래로 퍼져나간 탓이다. 그게 어디 이승과 저승으로 길 갈린 사람들만의 켜켜로 묵은 사연일까.

사물은 늘 그대로이다. 인위적으로 변형을 하지 않는 한 다리는 다리이고 미투리는 미투리이다. 다만 사람의 감정에 교차가 따를 뿐이다. 잔잔히 흐르다가 여울목에 부딪쳐 소용돌이를 일으키는 물처럼, 사람의 감정이 사물과의 사이에 존재한다. 또 이쪽과 저쪽 사이 그 여백에는, 채우면 채울수록 빛나는 사유가 흐른다.

우리가 예사로 지나치는 피사체 너머에는 필시 보이는 것 이상의 그 무엇이 있다. 무심한 듯 지나치는 사람과 사람 사이에도 심층 저 깊은 곳에 감도는 그 무엇이 있어, 가슴을 곱절

로 펄떡이게 하고 기름지게 한다. 그 역동성이 공간을 무늬로
채운다.

＊ 2007年 1月 쓰고/『펜문학』 2007年 봄호

男과 女, 그 팽팽한 균형

해저 산호언저리에서 갑오징어들이 사랑을 나눈다. 암컷이 제 몸의 몇 곱절 되는 수컷 한 마리를 꾀어 은밀한 곳으로 이동한다. 수컷은 암컷을 따라 무리로부터 벗어나고, 이내 짝짓기를 하여 알을 낳을 때까지 망을 본다. 암컷에 비해 개체수가 네 배나 되는 수컷들이 떼로 몰려와 넘봐도 기존의 수컷은 몸을 던져 용맹무쌍하게 물리친다. 그런 후 유유히 암컷을 지키는 의리가 갸륵하다.

그러나 작은 수컷 한 마리가 암컷시늉을 하며 수컷 품으로 들어온다. 변신의 귀재로 통하는 특성을 살려 몸을 옹송그리고 홍조를 띠며 암컷에게 밀착시킨다. 수컷은 멀뚱멀뚱 먼 곳이나 보며 경계의 빛을 늦추는데…. 사단은 이미 벌어지고 말았다. 욕심 많은 암컷이 두 수컷의 유전자를 받은 알을 여봐란 듯이 낳고 있지 뭔가. 텔레비전 다큐멘터리속의 진풍경이다.

사람살이에서도 남녀 간의 이야기는 지구가 존재하는 한 불변이지 싶다. 그 중 남녀가 주고받는 소소한 정표에도 전통처럼 전해 내려오는 물건이 있는데, 여성이 남성의 마음을 잡고 싶으면 허리띠를 선물하고 떠나길 원하면 구두를 선물하라는 이야기가 오랜 속설이 되어 사람들 사이에 흐른다. 돌아가신 시어머님의 말씀을 빌면, 맘에 드는 사내를 딱 옭아 챈다는 의미로 허리띠를 선물하는 거라 하였다.

이처럼 암암리에 전달되는 상징적인 의미는, 사람들 입가에 미소를 물리게도 한다. 마카오의 한 사원에는 바로 이 물증이 법당기둥을 칭칭 감고 있다. 기둥마다 띠에 묶인 알록달록한 봉투들은 다름 아닌 여성의 속곳을 의미한다는 것이다. 아내가 바람나지 않길 바라는 남편들의 염원이 애꿎은 법당기둥에 원색적으로 노출되어 해학을 부른다. 격한 마음을 누르고 불전에 머리 조아리며 가슴속의 염원을 비는 우리네 관습과 다르게, 그들의 기원행위는 지극히 노골적이었다.

하지만 男과 女, 女와 男. 이 오묘한 관계의 줄다리기는 우리민족과 맥을 같이하고 있었다. 먼 바다 건너의 민족들에게도 우리와 비슷한 정서로 작용하는 것이 애잔하게 다가왔다. 한 울타리 안에서의 밀고 당기는 긴장이, 한 여자와 한 남자가 부부로 인연 맺어 살아가는 우리네의 삶과 크게 다르지 않은 까닭이었다.

그렇게 이성을 향한 사람들의 심리는 전혀 예기치 않은 곳에까지 닿아서 세상을 풍자한다. 그곳에 다녀온 지 이미 여러 해이건만, 아내 몰래 봉투를 붙들어 매는 남성들의 모습이 시시로 연상된다. 자유를 꾀하는 쪽과 잡아두려는 쪽의 팽팽한 균형에 마음이 머물러 자꾸만 멈칫거려진다.

* 2007年 2月 쓰고/『e-수필』 종이책 2007年 겨울호/『대표에세이동인지』 28집

4 나, 선 자리가 명당

나무가 선 자리에도 명당이 있다. 그것들도
세상에 날 때부터 어떤 몫을 부여받아 나름의
향훈으로 살다 늙는다. 하여 어느 것은 초년
부터 마을 앞을 지키는 수호신 역할을 하고,
어느 것은 강가에서 한적하니 풍류를 즐기며,
또 어느 것은 노구의 몸을 이끌고도 남은 그
늘을 드리우며 기운을 다한다.

괴벽 怪癖

크지도 않은 머리통을 하고 사람을 꽤나 따져 가리는 버릇이 있다. 사람과 사람 사이를 이간질하는 자와, 남의 감성 훔치는 것을 즐기는 자를 1급 경계한다. 즉 자기 잇속을 따져 중상모략에 능하거나, 글 욕심이 엉뚱하게 작용하여 남이 혼을 다해 엮어낸 문장을 자기 것인 양 도둑질해 쓰는 사람이나, 또는 자기 합리화에 탁월하여 변명을 일삼는 사람 앞에서 관대한 척하기가 몹시 어렵다.

하여 누가 여행얘기라도 꺼내는 날이면 가장 원초적인 것부터 염두에 두게 된다. '피차간에 밥은 맛나게 먹을 수 있을까?

잠자리는 불편하지 않을까?' 하고 머릿속이 매우 분주해진다. 얼마나 성질머리가 고약하면 사람을 가려 밥을 먹고, 사람을 가려 잠을 자나 하고 꼬장꼬장한 성미를 탓할 사람도 있을지 모르겠다.

하지만 이렇게 유별나게 구는 나도 더러는 탐탁히 여기지 않는 사람과 한 울에 들 때가 있긴 하다. 단체로 움직여야 할 때 대大를 위하여 소小를 접는 양상이다. 그러고 나면 '울며 겨자 먹기'식의 심사가 일상을 오래도록 지배한다. 그런 후유증이 또 맘에 들지 않아 한동안 가슴을 앓는다.

한데 이즈음의 근황을 고백하자면, 밥 함께 먹을 대상과 잠 같이 잘 대상을 구분하는 이 일이 결코 쉽지가 않다. 나이 들어가는 증상인지 극과 극이 자꾸만 뭉뚱그려지려 든다. 이러다간 세상사람 모두를 포용할까 저어되기도 한다. 정신 바짝 차리지 않으면 이제껏 고수해오던 경계의 선이 무너져 내려 자칫 낭패를 보게 생겼다. '사는 게 별거던가? 인정認定과 사랑이지!'

섬광 같은 문구 몇 소절, 화석으로 와 박힌다. 이제부터 나는 웬만한 일엔 꿈쩍 않는 배짱 두둑한 사람이다.

* 2007年 2月 쓰고/『문학이후』 2012年 겨울호

철든 놈, 고얀 놈

고1짜리 작은애가 술을 마셨다. 동아리 선배들 만난 자리에서 갑자기 자기 통제가 어려워 주는 대로 들이킨 모양이다. 현관에 툭 소리가 나기에 문을 열었더니, 휘청휘청 들어와 저벅저벅 안방 문을 민다.

아이는 이어 자리에 누운 아빠의 손을 끌어다 제 얼굴에 부비며 고해성사를 한다. 여느 때 같으면 벼락이 내려도 열두 번은 내릴 일인데, 어이된 일인지 제 아빠가 조용하다. 자는 척 잠잠하다가 눈을 감고 빙긋이 웃는다.

"아빠 죄송해요. 손 다 부르트고, 이 손으로 연장 만지는데 학원 간다고 거짓말만 하고 공부는 않고 학교 가서는 잠만 자고. 아빠 죄송해요. 공부 열심히 할게요. 교원대 갈게요. 나도 선생님 될게요. 엄마 죄송해요. 아프고 힘든데 맨날 말 안 듣고, 글 쓰실 때 기타 친다고 소리만 지르고 미안해요. 형한테도 미안해. 형이 아프니까 내가 더 열심히 해야 하는데. 미안해. 미안해."

격정적이다. 형은 자리에도 없는데 취중 기운으로 마음의 부담을 털어놓는다. 가슴이 에인다.

"그래, 그래. 알았어."

앞으로 놀랄 일이 참 많을 것 같다. 걱정이다. 작은애의 정신적 부담이 컸던 것을 느낀다. 부모로서 아이에 대해 미처 몰랐던 부분을 알게 된다고 할까. 그리고 보니 저 아이를 안아준 지가 언제던가. 나는 서둘러 아이를 다독였다. 한참을 끌어안고 가라앉혔다.

"엄마, 빨리 글 써. 소설 써야지!"

아이에게 미안하다. 글 쓴답시고 품어 키우지 못한 점이 목덜미를 뜨겁게 한다. 그래 나는 어미다. 엄마다. 어서 내가 붙들고 있는 청소년물을 탈고하고, 저 반짝이는 아이들의 이야기를 써야겠다. 세상엔 머뭇거릴 새가 없다. 이젠 바짝 긴장의 끈을 조여야 할 때다.

아이는 새벽에 달그락거리며 라면을 끓여먹고는 또 한 숨

잤다. 그리고는 멀쩡히 씻고 학교에 갔다.

"어제, 저기 정류장서 내려 오줌을 눴는데 어디다 쌌더라?"

고얀 놈, 훤히 다 기억하고 있다. 어젯밤엔, 술독에 절어 사시던 친정아버지가 살아오신 줄 알았다. 어린 것이 술이라니… 쯧쯧. 가르쳐야 할 게 참으로 많다. 주변인에서 청년기로 가는 과정이 보인다. 제 아버지와 거리가 먼 주도酒道까지 가르쳐야 하니 이거 야단났다.

* 2007年 3月 쓰다.

테니스공과 야구방망이

이제야 집이 보인다. 집을 뒤지니 현관 신발장 안의 우산바구니에서 아이들 초등학교 때 입었을 법한 고무줄 청바지가 나온다. 허름한 모양새로 보아 내리 물려 입은 것인가 보다.

그런데 그게 왜 거기 들어 있었을까. 따져보나마나 남편이 심술로 구겨 넣은 것이리라. 그땐 한창 심술이 잦아, 다 빨아 놓은 수건이며 옷가지들을 물 담긴 욕조에 넣어 흠뻑 적셔놓기 일쑤였으니까. 내게 혹 못마땅한 일이 있으면 언성 높여 내지른다든가 조목조목 짚어가며 의견을 펴는 사람이 아닌 터이니, 분명 나를 구겨 가두는 것이나 다름없는 행위로 그러했을 것이다. 그럴 때마다 나는 굳이 따지지 않았다. 표현력 부족한 한 남자의 욕구불만으로 이해했다. 그런 마음이 헤아려지는 바에야 내 불만을 토로해봤자 아무 소용없는 일.

가슴이 에인다. 내가 그토록 살림과 멀었다는 점이 자꾸만 뒤돌아보며 멈칫거리게 한다. 작은아이 기저귀 면하고부터 들고 다니는 책가방이 거의 생활화 되었다. 10대~20대 사이에 불살라야 했을 학구열을 30대~40대로 넘겨서까지 이어왔으니 살림살이가 온전했으랴. 게다가 글에 미친 사람이 되었으며 수필마당에서는 글신 들린 사람으로도 통한다. 그래도 딴에는 부지런을 떨며 지내왔는데, 이제 보니 손길 미치지 못한 곳이 수두룩하다.

이어 아이들의 테니스공과 야구방망이, 야구장갑 등이 나온다. 자전거에 장식했던 여러 부품들도 뒤엉켜 있어 나를 더욱 반성하게 한다. 자전거 등은 이미 남들에게 물려줬는데 부속품을 남겨두어 무엇한단 말인가. 주섬주섬 꺼내어 버리려는데, 작은아이가 야구방망이 두 개를 보관하겠다고 막아섰다. 왜 그러냐니까 "결혼해서 내 아들 줄라고 그래. 왜? 됐어?" 한다. 어미에게 다소 위협적일 정도로 박력 있고 확고한 대답! 속으로 뜨끔했다. 그러면서도 나는 기어들어가는 소리로 다음과 같은 대답을 한다.

"그럼 좋~지!"

내심 흐뭇해진다.

'언제 이렇게 컸느냐? 내 아들아! 아이들이랑 놀아줄 줄 모르고, 식구와 소통할 줄 모르며, 자기 외에 사람 없는 줄 아는 아버지의 옹고집만은 절대 닮지 말거라.'

이제 겨우 열아홉 살, 벌써부터 제 가정 꾸릴 준비를 하는 아들놈이 나를 깜짝 놀라게 했다. 그 녀석 앞에서 나는 잠깐 테니스공처럼 폭신했다.

* 2007年 6月 쓰다.

제비뽑기 · 1

― 신新 토우土偶 한 쌍

책장에 마주선 '흙사람' 한 쌍이 건재하다. 그것이 내 집에 온 지는 대여섯 해가 되나 아주 오래 전부터 자리를 지킨 듯 친근하다.

연말을 맞아 문학 동인들과 제비뽑기를 한 일이 있는데, 그 중 번호를 잘 뽑은 여인의 손에 기막힌 선물이 들어갔다. 반색하는 표정을 따라서 나도 그 포장지 속을 살짝 들여다보았다. 하, 이건 단연 획기적이었다. 이런 아이디어로 선물을 마련한 사람을 우선 칭찬하고 싶었다.

다른 사람들은 어린아이들처럼 각자 자신에게 돌아온 선물을 풀어보았으나, 그다지 신통한 것이 나오지 않았다. 나는 이 명물(?)에 눈이 간 이상 다른 내용물이 눈에 들어올 리 만무했다. 오직 그 물건만이 가히 문학적 발상으로, 고정관념을 깨트리기에 충분한 것이었다.

그건 바로 여성과 남성의 상징성만을 두드러지게 부각시킨 한 뼘 정도의 현대판 토우였다. 지켜보던 회원들의 입에선 단박에 폭소가 터지고, 나는 제비를 잘못 뽑은데 대한 아쉬움이 가시질 않아 티를 냈다. 결국 그 선물의 제공자로부터 "다시 주문해서 구워 오마" 하는 확답을 듣고서야 맘이 누그러졌다.

그렇게 하여 수중에 들어온 장식품은 지금 저 자리 책장의 가장 높은 층에 올라앉아 버젓이 주인행세를 한다. 그런 것을 나도 한동안씩 잊고 지내왔다. 어쩌다 그것들과 눈이 맞으면 혼자서도 살며시 무안해진다.

* 2007年 여름 쓰고/『수필시대』 2007年 11,12月호

제비뽑기 · 2

― 꿈에 본 수묵화

텃밭에 푸성귀가 자라고 있다. 몇 안 되는 고춧대에 수확물이 실하다. 따내는 대로 쑥쑥 자라는 저 푸짐한 결실…. 그것만 다 거두어 넣어도 한 집 식구 먹을 것은 되겠다. 채반에서 볕을 쬐고 있는 풍요가 이윽하다.

들일 나간 어머니가 저만치서 머릿수건을 두르고 걸어오는 모습이 보인다. 유년에 보았던 길과는 경사면이 조금 다르다. 산 아래엔 한옥 두세 채가 한가로이 눈길을 끈다. 과거 고향집 풍경이다. 새로 들어섰다는 콘크리트 건물도 선을 보인다. 그간 무수히 만나온 무의식 속의 풍경이다. 언젠가는 푸른 논밭 사이 길을 돌고 산길을 통해 집에 가기도 했었다.

　나는 눈앞의 정경을 감상하다 말고 소리쳤다. 이건 꿈이라고. 현실과 맞지 않는다고. 그 뇌까림이 끝나기가 무섭게 고향 집 뒷산 정상에 두둥실 거대한 바위 층이 나타난다. 산과 하늘에 걸친 그림 한 폭 — 가슴이 환해지며 '화~~~' 소리가 절로 샌다. 경이롭다. '아홉 거북상'이다. 능선 남쪽의 동문달이(혹은 동문다리/지명)를 향해 목을 쭉쭉 뺀 거북무리가 한결같다. 같은 크기에 같은 표정의 거북이들이 높은 하늘에서 나를 맞이한다. 각기 모자에는 매화꽃가지가 쭉쭉 뻗어나 있다. 준수하다. 늠름하다. 거대한 수묵화다. 나 말고도 구경나온 이들이 있어 저기가 어딘가 물으니, 웬 젊은 남자가 미소를 물고 "금강산이요" 한다. 충청도 땅에 금강산이라니, 허무맹랑하다.

　지나간 저녁모임자리에서 한 작가가 무작위 추첨이라 하며 그림 일곱 점을 돌렸는데, 나는 손에 든 번호표를 들여다보며 거실 벽에 그럴싸한 그림이 걸리는 것을 상상했다. 이미 벽을 차지하고 있는 원로문인들의 고결한 글씨와 새로 걸릴 그림이 잘 어울릴지도 가늠해보고 있었다. 그러나 추첨 내내 앞 번호가 맞으면 뒤 번호가 틀리고 뒤 번호가 맞으면 앞 번호가 어긋났다.

아무리 그렇기로 그림보다도 현실감 넘치는 바위절경을 꿈속에서 만나다니…. 기기묘묘한 금강산의 이동에 가슴이 덥다. 명산 중의 명산 절봉峀峯을 꿈속에 보았으니 뭔가 좋은 일이 꼭 다가올 것 같다. 그것도 사모관대를 두루 갖춘 거북 떼임에랴. 눈에 띤 대로만 풀어보아도 이 꿈은 필시 길몽吉夢 아닌가.

＊ 2007年 여름 쓰고/『수필시대』 2007年 11,12月호

제비뽑기 · 3

— 시골버스 안에서

동생들 학비를 대겠다고 야간열차에 올랐던 그해. 내 나이 열여덟을 맞던 설밑이었다. 서울에서 한 달 급료로 5천 원을 받아 설빔을 사 입고 고향을 향했다. 대전역에서 신도안행 버스를 갈아타고 중간쯤의 자리를 잡아 앉았는데, 말쑥한 신사 둘이 차에 올라 웬 화장품 안내를 한다. 나는 곧 만나게 될 가족들을 떠올리며 차창에 바짝 기대앉았다.

점점 그들의 목소리에 흥이 실리나 싶더니, 이젠 승객들의 자리를 오가며 쪽지를 돌린다. 번호가 맞는 사람에게만 화장품세트를 넘기겠다고 한다.

"고급화장품 한 세트를 행운의 주인공에게만 2천 3백 원에 드립니다. 기회 놓치지 마세요."

'2천 3백 원.' 일순, 내 귀가 솔깃해졌다. 당시 입고 있던 옷 한 벌보다 조금 비싼 값이다. 하지만 시골에서 고생하는 언니에게 그 정도 못 사주랴 싶었다.

역시 이심전심이었다. 버스에서 딱 한 사람, 내 번호가 맞았다. 나는 추호의 망설임 없이 그 물건을 사들었다. 그 후부터는 무슨 정신으로 집에까지 왔는지 기억에 없다. 언니를 기쁘게 해주고 싶은 생각 하나였다. 그 돈이 배고픔과 추위와 설움을 견딘 대가라는 마음은 티끌만큼도 없고, 오로지 이웃 언니들처럼 가꾸지 못하는 언니가 맘에 걸렸을 뿐이었다.

그런데 그날 밤, 언니는 조금도 웃지 않았다. 귀 얇은 딸에게 처세술을 가르치는 어머니의 음성이 서슬 퍼랬다. 코가 쏙 빠진 내 곁에는 까까머리 동생들만이 "작은누나 왔다"며 눈을 빛내고 있었다.

* 2007年 여름 쓰고/『수필시대』 2007年 11,12月호

나, 선 자리가 명당

나무가 선 자리에도 명당이 있다. 그것들도 세상에 날 때부터 어떤 몫을 부여받아 나름의 향훈으로 살다 눕는다. 하여 어느 것은 초년부터 마을 앞을 지키는 수호신 역할을 하고, 어느 것은 강가에서 한적하니 풍류를 즐기며, 또 어느 것은 노구의 몸을 이끌고도 남은 그늘을 드리우며 기운을 다한다.

아버지는 평생 동안 명당자리를 살핀 분이다. 집터는 물론이고 수백기의 유택을 지어준 양반…. 하지만 나는 그런 면에 있어 문외한이다. 그래도 나무가 선 자리쯤은 알아볼 줄 아는 혜안을 가졌으니 아예 까막눈은 아니라 여긴다.

가끔씩은 나무에게 말도 건넨다. 밑둥치 빈약하나 귀빈대접을 받는 나무 앞에서는 '너는 참 운 좋게 태어났구나' 하고, 품새부터가 늠름하여 호인 대접을 받는 나무 아래에서는 '할아버지, 그간의 혹한을 잘도 견뎌내셨습니다' 한다. 그리고 덧쌓인 연륜에도 불구하고 비스듬한 자세로 서서 의왕 신안아파트 재활용품창고나 지키는 나무를 보면 '아이구 어르신, 자리를 잘못 잡으셨네요' 한다.

나는 기본적으로 외양 준수한 나무를 좋아한다. 그런데 요즘 들어 자주 아파트 귀퉁이의 '어르신나무' 곁을 서성인다. 그러면서 폐품 속에 고인 아기들의 달큼한 분유냄새를 맡고, 간장냄새도 맡으며, 머릿기름내도 맡는다. 그러다가 운 좋은 날엔, 몸이 몇 아름이나 되는 그 노익장으로부터 삶의 찬양가를 우렁우렁 듣는다.

'그래도 이게 어디여? 빙빙 돌아 내 동무들을 다 쳐냈어도 나는 이리 짱짱하게 명줄 붙어있지 않는감?!'

＊ 2007年 7月 쓰고/『현대수필』 2007年 겨울호

5 간격

그때 산머리에 먹장구름이 내려앉았다. 그러
더니 이내 빗줄기가 굵어졌다. 순식간에 세
사람이 몰려든 작은 다리. 소달구지 하나 들
어찰 품의 교각아래에는 갑자기 적요가 흘렀
다. 쏴쏴~ 내리는 빗소리도, 찰찰 소쿠라지
는 큰 도랑물소리도 내 귀엔 온전히 들리지
않았다.

간격

나비 두 마리, 내 창가에 날아와 논다. 한 마리는 미색이고 다른 한 마리는 날개에 검은 무늬가 찍혀 있다. 두 마리가 한 번에 날아든 게 아닌지 따로따로 떨어져 포닥거린다. 미색의 나비는 창고가 있는 안쪽 구석에서 허둥대고, 점박이는 중앙 통로 방충망 언저리에서 날고 앉기를 반복하는 게 애처롭기 그지없다.

처음엔 미색의 것 한 마리뿐인 줄 알았다. 그래서 그냥 그 대로 살게 두려 하였다. 헌데 둘이 가까이에 있으면서도 만나지 못하는 풍경이 애처로워 방충망을 살짝 열었다. 훨훨 날아

회포 풀게끔 자유를 주려 하였다. 그러다가 잠시 주춤거려진다. 내 심사는 이내 얄궂게 변하여 고것들을 그대로 가둬두기로 한다. 안에도 수십 종의 화초가 형형색색으로 피어 있으니 실컷 꿀을 빨고 차나무향도 맡으라고 맘속으로 일러둔다. 그 둘의 상봉을 가까이서 지켜보며 맛을 누릴 심산이었다.

그리고는 산 몇 굽이를 돌아 한적한 고을에 이르렀다. 뙈기밭에 도라지꽃이 함초롬하다. 그중에도 막 벙글고 있는 두 송이가 눈길을 끈다. 촘촘한 것들 가운데서 약간 비껴나 적절한 거리를 유지하는 보랏빛 초롱. 서로가 서로를 비추는 등이다. 밀착되어 대궁이 가느다란 꽃들과 달리, 솔바람을 흡수하며 한들거리는 저 몸짓 —건강하다. 한 차례씩 강풍을 만나서야 몸 눕히며 팔을 뻗는 안타까운 소리도 들린다. 그것들 사이에 강아지풀 한 모가지가 쑥 올라와 곰실거린다. 우쭐우쭐 고개도 든다.

흙의 기운을 받아 자라는 작물이나 잡초도 애초에 본분이란 걸 부여받은 것일까. 가만히 실눈 뜨고 귀 기울이면, 스치는 풀잎에서조차 우리네 삶의 모습이 감지된다. 고랑을 매우는 잡초와도 같이 길목 길목에 늘어선 훼방꾼들도 보인다.

그렇게 한나절의 산보를 마친 후, 베란다로 나가 좀 전의 나비를 찾아보았다. 그들의 종적이 오간데 없다. 일순, '짝을

이뤄 날아갔구나' 하고 가슴이 환해진다. 허나 그것도 잠시, 점박이만이 방충망에 납작 붙어 밖을 향하고 있다. 그렇다면 이 손님들은 본래 짝이 아니었던 것일까. 그런 것을 내가 어리석게도 간격을 좁혀주려 한 것인가. 아니면 갇힌 공간이 갑갑하여 의사소통이 원활하지 못했던 것일까.

힘껏 창문을 열어젖힌다. 나비보다 먼저 내가 날아간다.

* 2007年 여름 쓰고/『대한문학』 2008年 봄호

비 오는 날의 수채화 · 3

― 적요

비 내리는 날은 우산을 받쳐 들고 숲으로 가보자. 비에 젖는 나무와 나무 사이에 서서 감성을 깨워대는 소리 들어보자. 어떤가. 그 소리, 천둥소리보다 요란하지 않은가.

30년도 더 넘은 이야기 하나. 그해 초여름 오후, 우리 자매는 보리 베어 갈아엎은 땅에 늦모를 내느라고 산 그림자 기우는 무논바닥에 엎드려 있었다. 까끌까끌한 그루터기에 발바닥을 찔려가며 거머리와 한창 씨름 중이었다. 허벅지까지 기어올라 피를 빨아대는 것에 기겁을 하다보면, 물뱀이 휘휘 유영을 해온다. 놈은 사람을 물지 않는다고 들었지만, 그럴 때마다 나는 논바닥이 출렁이도록 고함을 쳤다. 폼이 모를 내는 것이지 이것저것 까탈이 심해, 한바탕씩 못줄을 흔들어 젖히기도 하였다. 그런 내 심통과는 달리 다섯 살 위의 언니는 묵묵히 모를 꽂았다.

시간이 얼마나 흘렀을까. 새때가 지나며 모춤이 시나브로 줄어들고 있었다. 어쩌다 드물게 큰길을 향해 걸어가는 사람도 보였다. 농촌지도소로 발령 난 양계장집 오빠는 하얀 와이셔츠차림으로 마을에서 내려와 우리 논가를 지나쳐 갔다.

그때 산머리에 먹장구름이 내려앉았다. 그러더니 이내 빗줄기가 굵어졌다. 언니와 나는 종아리의 진흙도 씻지 못한 채 근처 다리 밑으로 달려갔다. 막 산모롱이를 돌던 양계장집 오빠도 화급히 뛰어왔다. 겨드랑이에 끼고 있는 누런 봉투엔 이미 사선의 무늬가 그어지고 있었다.

순식간에 세 사람이 몰려든 작은 다리. 소달구지 하나 들어찰 품의 교각아래에는 갑자기 적요가 흘렀다. 쏴쏴~ 내리는 빗소리도, 찰찰 소쿠라지는 큰 도랑물소리도 내 귀엔 온전히 들리지 않았다.

마침내 비가 그치고, 언니와 그 오빠 사이에 어색한 인사말이 오고 갔다.

"어서 가세~유. 또 비 만나면 그 봉투 다 젖으니께."

"거기도 어서 그만 들어가~유."

애꿎은 블라우스자락을 털어내는 언니의 옆얼굴이 발그레하니 상기되어 있었다. 목 메이게 산 너머 세상을 동경하던 나는, 그 오빠가 걸어간 길을 묵묵히 바라보았다.

* 2007年 9月 쓰다.

만 년 만년 편안하게

　버드나뭇가지 물오르는 이른 봄날, 안양지역에 위치한 문화재를 찾아 곳곳을 누볐다. 만안소공원, 중초사지유물 터, 마애종, 안양사 등등. 관악역 앞에서 출발한 일행은 아스팔트를 밟았다가 흙을 밟았다 하며 걸었다. 어느 동화속의 오리들이 먹을거리를 찾아 방죽 찾아가는 길에 아스팔트 위를 걷는 장면이 나오는데, 꼭 그렇게 종종걸음을 쳤다.

　그런데 그 길에서 참 순한 의미의 다리를 만났다. 정조대왕이 어머니 혜경궁 홍씨와 함께 아버지 사도세자 능을 찾아다닐 때 무수히 디뎠다는 '만안교萬安橋'이다. 당파싸움의 희생양으로 스러져간 사도세자의 능을 경기도 양주의 배봉산拜峰山에서 수원 화산花山기슭으로 옮기고 현륭원顯隆園이라 하였는데, 처음 얼마간은 행차 길에 남태령을 지나다녔다고 한다. 그러나 사도세자 처벌에 적극 참여한 김상로金尙魯의 형 김약로金若魯의 묘가 과천에 있어 정조대왕이 이를 불쾌히 여기자, 한 충성어린 신하가 이곳 안양천에 다리를 놓아 방향을 비껴서 건너다니게 했다는 것.

이러한 미담만큼이나 돌을 쌓아 세운 일곱 개의 아치형 교각이 부드러움을 자아낸다. 그 완만한 선이 보는 이의 마음을 편안하게 한다. 특히 그 뜻이 '만 년 만년 편안하게'라고 하니 실로 따스하게 와 닿는다.

다리 이름처럼 삶이 편안하면 얼마나 좋을까. 나도 천천히 다리를 밟기 시작한다. 가슴속 고뇌를 풀어내며 만 년 만년 편안하기를 기원해 본다. 누구를 위해 진정으로 마냥 편안하라고 표현해 본 적 있던가. 언제 한 번 제대로 부모님 위하는 마음인들 전달하였던가. 우리는 역사의 수레바퀴 속에서 많은 것을 잊고 살아간다. 그 옛날 사도세자가 숨져간 고궁 한 켠 잔디밭도 이즈음엔, 웨딩촬영장으로 환영받고 있으니 놀라울 일 아닌가.

어느새 다리 끝점. 당쟁이 심하던 후유증을 뒤로하고, 기백

년 전에 작용한 충성어린 신하의 순수한 마음씀씀이가 여러 사람의 가슴에 향긋한 바람을 불어넣고 있었다. '만 년 만년 편안하게', 이 말 자체가 각박한 세상에 물꼬를 트는 훈풍이며 안부다. ― 지금 다리 위를 걷는 사람들, 지극히 깊은 고요의 뜰에 들어 있다.

* 2008年 1月 쓰고/『대한문학』 2008年 봄호

타워크레인 위의 남자

 연 전 신학기가 막 시작될 무렵, 중학교 교정이 훤히 바라다 보이는 길 건너편 빌딩공사장에 구경꾼들이 모여 웅성거린다. 무슨 일인가 싶어 좌중을 헤치고 들자 높디높은 타워크레인 난간위에 남자 하나가 까만 점으로 올라앉아 있다. 학생들이 볼까 싶어 교정을 둘러보니 다행히 운동장은 조용하다.

 나는 다시 구경꾼들 틈에 끼어 안절부절못한다. 내 목소리가 저 높은 곳에까지 들릴까마는 어서 내려오라고 소리치고 싶다. 한데 이 괴이한 광경을 관망하는 사람들의 표정이 더 괴이하다. 빙긋빙긋 웃으며 강 건너 불구경하듯 한다. 경제가 어려워질수록 어두운 기사가 이어지는데, 죽음에 대해 면역되어 가는 사람들의 시선이 슬프다.

"왜 저러고 있답니까?"

"노임 문제겠지요 뭐."

"언제부터 저기 올라 있나요?"

"벌써 서너 시간 된 것 같은데요."

"사업주 쪽에서도 알고 있나요?"

"갑자기 철근 값이 올라 회사가 부도났답니다."

"왜들 만류하지 않고 있는데요?"

"허허허…."

학부형총회에 가던 길이었지만, 좀처럼 발길이 떨어지질 않았다. 공사는 이제 겨우 기초를 면한 상태인데 저 높은 곳까지 쌓아올리려면 얼마마한 철근이 필요할지 가늠해 본다. 노사勞使간의 마찰이 남의 일 같지가 않다. 하지만 내가 할 수 있는 일이란 그저, 용무가 바쁘다는 것도 잊은 채 고개가 아프도록 그 어렴풋한 사내를 올려다볼 뿐이었다.

하는 수 없이 말을 나눈 남자에게 내 휴대폰번호를 남기고 발길을 돌리기로 한다.

"너무 걱정 마세요. 배고프면 내려오겠지요 뭐. 담배까지 피워 무는 걸요."

그러고 보니 타워크레인 끄트머리에서 빨간 불빛이 반딧불처럼 깜빡인다. 희망이다. 막다른 길에서 여유를 찾으려는 행위로 읽힌다. 그래. 배고파서 올라갔지만 배고파져 내려와야 한다. 부디 눈빛 초롱초롱한 아이들이 어른거려야 한다. 저이도 부양해야할 가족이 있기에, 저렇듯 엉뚱하고도 고약한 용기를 냈을 것 아닌가.

그로부터 한참 후 해거름 녘, 낯선 번호의 문자 한 통이 들어왔다.

'– 그 사람, 방금 내려왔습니다.'

휴, 뉘 집 아버지 한 사람 살아났다.

* 2008年 1月 쓰고/『대한문학』 2008年 봄호/『대표에세이동인지』 31집

모순에서 모순으로

세상에 모순 아닌 일들이 얼마나 존재할까. 그럼에도 불구하고 사람살이에 모순이 빠진다면 사는 맛이 조금은 싱겁기도 할 것 같으니.

4년 전부터 맡은 수필 강의. 몇 차례 당 학기를 끝으로 그만 할 생각이었다. 내 글에 혼을 다하려 한 것인데, 본연의 나로 돌아와 한가로움 속에 식구들을 돌보고 거품을 줄이자고 스스로에게 맹세를 했다. 수강생들이 어찌 나올지 다소 신경은 쓰였으나, 놀라울 정도로 가슴 한쪽이 홀가분해졌다.

허울을 버리기로 한다. 후임강사도 구해놓았다. 이전의 버

롯대로 고요 속에서 나를 만날 작정이었다. 지극히 귀한 시간들을 더욱 소중히 끌어안기 위한 노력이다. 그나마 버리고 나면 '이 책 텍스트 삼아라, 신인 추천해라' 하는 등의 외부강압도 들어오지 않겠지. 스스로 생각해도 멋진 결정이다. 명쾌한 결론이다. 앞으로 조용히 잘 놀기로 한다. 문학에 나를 걸고, 그 정신이 힘차야 생활이 힘차지 않은가. 자존심을 걸고 주변의 이야기에 매이지 않을 것을 다짐했다.

그랬는데 사람 사는 일이 흑과 백으로만은 구분지어지지 않는 것인가 보다. 문화센터 측과 회원들에게 통고하기로 한 날 아침, 이미 물색해 놓았던 강사양반이 사정이 생겨 못하겠다고 번복한다. 때를 맞춘 듯 우연한 통화에서 한 선배는 "그러지마. 잡고 있어. 그게 잘하는 거야" 한다. 맘은 금방 다시 돌아왔다. 아무 내막도 모르는 수강생들과 문학의 이기에서 갈등하던 나는, 그날 지극히도 자연스러웠다.

5년 전부터는 내게 잠재된 모종의 기운을 캐내기 위해 동화, 즉 소년소설공부를 했다. 한데 시시로 수필문장이 불쑥불쑥 튀어나와 곤욕을 치렀다. 그건 수필에 미쳐서 살아온 데 대한 피할 수 없는 대가였다. 내가 원하건 원치 않건 나는 그동안 어정쩡하지 않은 수필쟁이가 되어 있었던 것이다.

며칠 고심했던 일에 정의를 내린다. 장르에 얽매이지 말고 나오는 대로 쓰자. 그런 다음 가다듬는 것이 나다운 작법 아니던가. 내게는 내 몫의 세계가 있다. 일상을 뛰어넘어 폭 넓고 깊은 수필을 추구한다. 그것이 이제껏 내가 닦아온 길이고, 앞으로 걸어가야 할 오롯한 길이라 여긴다.

　세상일은 별게 아니다. 그럼에도 불구하고 작정한다 하여 뜻대로 되는 녹록한 것이 아니다. 시계 초침소리와 더불어 흘러가며, 만사萬事가 걸러지고 태胎로 남는다. 그 속에서 자꾸만 이야깃거리가 눈에 띈다. 그것이 내 문학이고 삶이지 싶다.

* 2008年 봄 쓰다.

둥짐과 머릿짐

― 고부 · 4

지금은 넓은 찻길에 들어간 밭이 있었다. 외진 산자락에 기댄 곳이라 해서 '외골밭'이란 이름이 붙었다.

여름날, 그곳에서 어머님은 멜빵을 꿰매어 붙인 마대자루에 단호박을 채워 넣으셨다. 그리고는 그것을 내 등에 지워주셨다. 내 힘으로는 감당이 안 되는 무게였지만 어머님의 뜻이니 주저할 수가 없었다.

하지만 어기적어기적 몇 걸음 옮겨 어머님이 들어계신 밭머리를 벗어난 나는, 둥짐을 산모롱이 밭두둑에 부렸다. 그리고는 둔덕 아래로 내려가 짐을 머리위로 끌어올렸다. 어머님 말씀이라면 거역할 줄 모르는 나였지만, 그 등짐만큼은 받아들이질 않아 내심 통쾌했다.

짐을 이고 걷는 것은 얼굴이야 상기될망정 몸매는 품위를 유지할 수 있지 않은가. 옛 여인들이 물동이를 이고 손으로 물방울을 걷어내며 걷는 품새를 나는 늘 아름답게 그려보곤 하였다. 그러나 등에 무게를 실은 여인의 모습은 상상만 해도 고역이었다. 양 어깨는 뒤로 제켜질 것이고, 가슴은 더욱 돌출될 것이기에 길에서 누구를 만나더라도 상당히 민망하다고 여겼다.

그날 밤, 어머님과 겸상을 하고 앉았는데 빙긋 웃으며 한 말씀하신다.

"얘, 너는 기어이 이고 가더구나!"

"보셨어요? 저는 지는 걸 못해요, 어머니."

"나는 이는 걸 못하겠더라."

그제야 그분의 체형이 이해되었다. 작은 키에 어깨가 옥은 어른이다. 그러니 머리에 짐을 올리고 싶으셨을까. 만약 그랬다간 키가 한 춤쯤 더 줄어들었으리라.

큰아이가 일곱 살이고 작은아이가 세살이니 내 나이 서른둘일 때의 이야기이다. 당시 나는 눈앞에 닥친 농촌 일을 다 흉내 낼 만치 강단이 있었다. 산후풍으로 무릎관절은 아팠지만 그 정도로는 죽지 않는다는 어른들 말씀을 마땅히 따랐다. 그리고 가부장적인 제도 속에서 여자가 어설피 앓는 기색한다는 것이 얼마나 어려웠는지…. 그 권위주의적인 풍습이 은연중에 새사람들(새 며느리)에게 물들어가는 집성촌에서 여성들은 감히 반란의 깃발을 들지 못했다. 땅 좁고 일 많은 지역에서 그것이 곧 집안을 위하고 가족을 건사하는 방법이었으니까. 하여 나도 숨이 쉬어지는 한 일을 했다. 특수작물을 하는 마을이라 연세 드신 분들조차 쉴 짬이 없는 환경 속에서 몸을 사린다는 것은 말도 안 되는 일이었다.

그 후 오래지 않아 시골생활을 면하였지만, 몇 년 사이 내 몸엔 지병이 생겨 등짐은커녕 머릿짐도 엄두를 못 내게 되었다. 다시 시어머님이 살아나 산밭에서 등짐을 지워주신다면 이젠 고스란히 지고 올 맘도 있는데….

* 2008年 가을 쓰고/『계간수필』 2011年 겨울호

최고 멋쟁이

- 고부 · 6

부지깽이로 토닥토닥 두들겨 깨를 털고 콩을 털며 소리쳤다.

"어머니! 저는 꿈이 있었다구요!"

"뭔데?"

"그이를 세상에서 최고 멋쟁이로 만들고 싶었다구요!"

"허허, 사람마다 한 가지 소원은 이루어지지 않는단다."

어머님은 눈 하나 깜짝 않고 대꾸하신다. '내 아들 털털한 것을 탓하지 말고 꿈 많은 너를 자제해라' 하는 의미로 받아들여진다. 콩이 튀고 깨가 튀니 내 말소리가 좀 튀어도 표시가 나지 않아 속이 시원했다.

"나도 꿈이 있었다."

"뭔데요?"

"너희 큰어머니처럼 맵시 있게 옷을 입고 싶었다."

일순 나는 더 나오려던 불평어린 말이 꿀꺽 넘어갔다. 애잔하게 눈에 들어오는 어머님의 어깨. 옷을 사다 입혀드리면 어머님은 거실에 걸린 대형거울 앞에서 몸을 이리 돌리고 저리 돌려보며 태態를 살피신다. 그러다가 나와 눈이 마주치면 멋쩍은 듯 씽긋 웃으시는 어른이다.

"이눔의 어깨를 무엇으로 두들겨서라도 쭉 폈으면 좋겠어."

며느리 앞에서 그 말이 어디 쉬웠을까. 드물게 자식들로부터 받아 입는 새 옷 앞에서 오랫동안 가무려온 부러움을 토로하시다니….

"얘, 너희 큰어머니는 젊었을 때 얼굴이 달덩이 같았다."

이 대목이선 늘 뒤끝을 흐리신다. 목선이 늘씬하여 외모 출중하였으리라는 것은 연세가 높다 해도 알아볼 수 있는 일이다. 더구나 중년에 이른 큰댁 시뉘들을 보면 부연설명이 없어도 다 안다. 그런 분 밑에서 어머님은 알게 모르게 의기소침해지셨던 것일까.

한데 어머님의 태를 딱 닮은 사람이 5형제 중 셋째인 내 남편이다. 그리고 천성적으로 남의 시선을 의식하지 않는다.

한번은 의류매장에서 마네킹이 입고 있는 옷을 그대로 벗겨다 입히면 한결 멋이 날 것 같아 그렇게도 해보았다. 하지만 그는 새옷을 입고도 주저 없이 형님네 두엄간에 들거나 호박, 오이 따는 일을 거들다가 진을 묻혀버리기 일쑤였다. 옷 갈아입는 번거로움을 조금만 투자하면 좋겠다는 내 말엔 아랑곳 않고, 그러한 일은 다 가식으로 여기니 답답하기가 그만이다.

이래 뵈도 장장의 시간을 일류패션계통에서 물든 내가 아니던가. 이 두 손이 백화점에 걸리는 유명 브랜드의 샘플을 지어내던 손이란 말이다. 소녀들은 내 손이 거치면 동화 속의 공주가 되고, 숙녀들은 내 손에 의해 세련미가 더하였다. 그러다보니 구멍 난 양말을 신고 나온 청년의 외양쯤은 너끈히 보완할 것이라며 소탈한 차림의 한 남자를 배우자로 택했는데, 그게 그만 시행착오였던 것 같다.

허나 어머님께서 이루지 못한 꿈이 하 가슴 아파, 남편을 최고 멋쟁이로 만드는 꿈은 이쯤에서 그만 접어야 할까보다. 사람마다 한 가지 소원은 이뤄지지 않는다는 어머님 말씀대로, 지극히 자연주의적인 그를 내 고정된 틀에 끼워 넣지 않는 것이 백배 잘하는 일 같으니.

어쩌면 매사 자신의 의지대로 살아가는 그가 멋쟁이중의 멋쟁이인지도 모르겠다.

* 2009年 3月 쓰고/『계간수필』 2011年 겨울호

약샘과 소녀

　고향마을 큰 언덕 아래에 사철 퐁퐁 솟는 샘이 있었다. 바닥의 모래알까지 훤히 들여다뵈는 맑은 샘이었다. 집집마다 깊은 우물이 다 말라도 어른 품으로 한 아름 반쯤 되는 그 작은 샘은 물이 철철 넘쳐 약샘이라 불렀다.

　그 물을 어른들은 물지게로, 아이들은 주전자로 길어 날라 먹었다. 물동이로는 이동이 어려운 통로가 많은 까닭이었다. 꼬불꼬불한 구릉을 몇 개 돌아야 하고, 깊은 계곡도 오르내려야 해서 물 한 초롱을 담아 집에 오면 절반밖에는 얻지 못했다. 요즘 같으면 아무리 후미진 곳에 있는 물길이라 해도 전기

모터로 당겨 쓸 수 있는 일지지만, 그 시절 민가보다 몇 층 아래골짝에 있는 물을 긷는 방법은 그 이상의 대안이 없었다. 그렇게라도 끊이지 않는 물줄기가 고마울 따름이었다.

하루는 여섯 살짜리 소녀가 그 샘물에 비친 여자아이를 보고 놀랐다. 처음으로 알게 된 자기얼굴이라 했다. 수두룩한 오빠들 틈에서 뒹굴뒹굴 자라던 소녀는 어쩌다 그 먼 곳까지 가서 놀게 되었을까. 어른들로부터 분리되어 어떻게 혼자 그곳에 있었을까. 고만고만한 오빠들 따라서 골짜기로 내려가 가재라도 잡고 있었던 것일까.

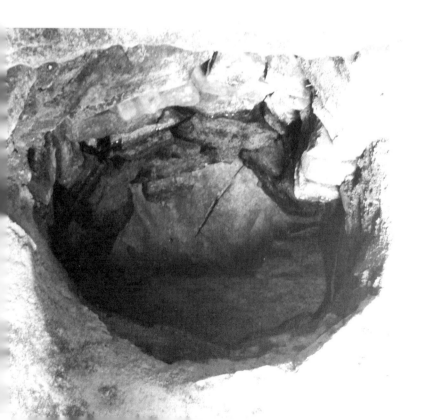

지금 서른 중반이 된 그때의 소녀는 자잘한 기억은 잊은 지 오래고, 다만 자신의 용모를 물살에 요리조리 비춰보며 그 신비감에 빠져 있었다고 회억한다. '아! 내가 요렇게 예쁘구나!' 하며 감탄스러웠다나. 항상 벽면 높이 걸려 있는 거울은 소녀와는 애당초 거리가 멀었다고 한다. 그러던 차, 이왕이면 좀 더 가까이서 빼어난 스스로를 확인하고 싶어졌다. 하여 몸을 바짝 수그려 물거울을 들여다보았다. 그러다가 그만 물속으로 쑤욱 잠겨들어 갔다.

찰나, 촌각을 다투는 바로 그때 웬 벽력같은 소리가 들렸다. 이어 허겁지겁 뛰어와 두 다리를 잡아 끌어내는 손이 있었다. 그는 다름 아닌 소녀보다 아홉 살 위의 중학생 오빠였다. 양쪽으로 나 있는 넓은 길을 다 놔두고 때 맞춰 질러가는 오솔길을 택한 행보가 절대 절명의 순간에 처한 어린 누이의 목숨을 살린 것이다. 이래서 사람의 목숨은 천명天命이라 하는 것인가. 먹은 물을 쏟아내게 한 소년은 축 늘어진 동생을 업고 가파른 언덕을 올랐다.

누이를 살린 소년은 이후에도 소녀의 앞길에 길잡이 역할을 해주었다. 여류 제과·제빵사가 희박하던 때에 동생의 뜻을 존중하여 그 길을 터주었다.

"빵쟁이가 뭐여? 여자 몸으로 어디 할 게 없어서 그 힘든

일을 하려느냐?"

딸을 지켜보는 어머니가 안타까워했지만, 오라비는 호탕하게 웃으며 소녀의 등을 툭툭 쳤다.

이젠 시골에서도 자그마한 수도꼭지에 의존해 물을 쓴다. 그리고 사방천지 흔하게 만나는 것이 거울이다. 그 사이 약샘에 얽힌 일화도 옛이야기가 되어 흐릿한 삽화 한 점으로 남는데, 글 속의 소년·소녀들은 인생 중년에 이른 필자의 동생들이다.

* 2009年 6月 쓰다.

강가의 느티나무 한 그루

　남한강가에 품새 좋은 느티나무 한 그루 서 있다. 고속도로를 지날 때면 우연히 마주치는 나무인데, 딴 생각에 넋을 놓고 있다가도 그 나무와 맞닥뜨리면 정신이 번쩍 난다. 마치 웅숭 깊은 어르신을 우러르듯 하는 내가 보인다. 어느 한 곳도 막힌 곳 없는 강가에서 품이 저리 넉넉해지는 동안 얼마나 많은 세파를 견디었을까. 들판의 곡식 자라는 소리를 들으며 윗가지를 들썩들썩했을 것이고, 물고기들이 꼬리지느러미를 치며 장난질을 할 때면 간질간질한 뿌리를 옹송그리며 천진스레 응수했겠지 싶다. 그러면서도 시시로 변하는 세상 이야기에 가끔은 시름겨워 가지를 축축 늘어뜨렸으리라는 생각을 해본다.

나는 오랜 전부터 큰 나무를 좋아했다. 특히 넉넉한 가지를 드리운 나무를 동경했다. 어느 한 쪽으로도 치우치지 않은 나무는 외양이 번듯하여 운치가 있을뿐더러 은근한 멋이 풍겨서, 흠모하는 사람을 대하는 마음가짐이 된다. 문학을 알고 수필을 쓰면서 품새 넉넉한 그늘을 그리기 시작한 것은 계간수필과의 인연에서 비롯된다. 첫 호부터 매회 분을 독파하며 문장을 익혀왔는데, 엄선된 필진으로 수필잡지가 만들어지고 있는 것이 커다란 매력이었다. '수필문우회'란 이름 뒤편엔 이시대 철학을 전파하시는 우송 선생님이 우뚝 서 계셨다.

연 전 출판문화회관에서 문학아카데미가 열리던 첫날 나는 우송 선생님을 처음 뵈었다. 선생님은 '어떤 수필이 좋은 수필인가'에 대해 곧은 어조로 강의를 하셨고, 내게 스승 되는 모촌 선생님도 '수필인의 격格'에 대한 당부의 말씀을 남기셨다. 오래도록 뵙기를 소망하던 어른을 가까이서 뵙고 어려움을 누르며 인사를 드렸을 때 우송 선생님은 만면에 미소를 띠며 "아, 김선화 씨! 수필 잘 읽고 있어요" 하셨다. 그 한 말씀에 나는 가슴에 불이 난 것 같았다. 더러는 외로운 인생길에서 지켜보는 올곧은 어른이 계시다는 것, 이 얼마나 값진 자산인가.

온 나라가 국상國喪을 치르느라 침울할 때에, 평생 철학수필을 강조해 온 우송 선생님이 저 먼 곳에 드셨다. 수필의 강가에 결 곱고 품 깊게 서 계시던 어른…. 선생님께 미처 비치지 못한 인사의 글월을 올린다. '— 품어주셔서 감사합니다. 그먼 곳에서도 참수필의 길 몰라 방황하는 저희를 만나거든 호되게 꾸짖어 주십시오.'

"높은 곳으로 향하는 마음이 간절하되 좀처럼 낮은 자리를 떠나지 못하는 나 자신의 모습, 그것을 진솔하게 그리면 좋은 수필을 얻을 것이다" 하고 말이지요.

모쪼록 편히 잠드십시오.

* 2009年 7月 쓰고/『계간수필』2011年 겨울호 '우송 김태길 선생 추모'

군인의 엄마

　인사동에서 수필작가들 총회가 있어 하룻밤 묵는 날이다. 집에는 주말을 기해 외박 나온 작은아들이 휴식을 취하고 있는데, 나는 동기간 못지않은 동인들과의 교분을 중히 여겨 상경하였다. 통행거리로 치면 얼마 되지 않는 곳이지만, 집의 밥이 그리워 들른 아이를 두고 나서려니 맘이 편치는 않았다.

　이런 저런 담소 후 숙소에 들었으나 텔레비전 뉴스에서 눈을 뗄 수가 없었다. 불과 닷새 전의 연평도 포격사건이 중점적으로 다뤄지고 있는 까닭이었다.　이는 연례적으로 시행되는 우리군의 호국훈련에 대한 반감으로 북측이 포를 쏜 것인데, 이어 또 훈련이 재기될 경우 재차 폭격이 있을 것이라는 협박 보도가 온 몸을 소름 돋게 했다. 그 으름장에 얼어붙은 나는 군인아들을 둔 어미로서 마음을 경건히 먹는다. 그리고 작은 아들에게 문자를 넣었다. '날 밝는 대로 일찍 내려갈게. 시국 이 하 수상하여….'

밤을 새우다시피하고 버스로 서울역을 지나 용산 쪽으로 들어선다. 그리고 한강철교를 지나며 나라를 지키다 산화한 병사들 생각에 잠긴다. 그날, 고약한 자들의 폭격이 있던 날, 군인의 본분으로 생을 마감한 청년들의 늠름한 얼굴이 아른거려 가슴이 아리다. '서정우 병장'과 '문광욱 이병!' 전사 후 한 계급씩 특진되어 하사가 되고 일병이 되긴 했지만 그들의 죽음이 애석하기만 하다. 마지막 휴가를 떠나 선착장에 도착해 있던 서병장은 '쾅'하는 소리와 함께 반사적으로 부대를 향해 뛰었다는데, 아들이 돌아올 것을 기대하며 밥상을 차리던 엄마는 그 심정이 어떠하였을까. 같은 모성으로서 아무리 그 허한 속을 헤아린다 해도, 또 어떤 말로 환부를 위무한다 해도 티끌만큼의 위로가 되지 않을 줄을 너무도 잘 안다. 해병대에 입대해 고된 훈련 마치고 자대에서 군생활을 익혀가던 문이병 역시 아까운 청춘을 불사르고 말았으니 그 억울하고도 고귀한 희생을 어이하리.

　소박하나마 밥을 지어 상을 차렸다. 큰애가 조용한 음성으로 "전쟁나면 매달 5일에 부산 영도다리 건너기 전 첫머리에서 만나기로 약속해 두자"고 시대와 맞지 않는 말을 하여 작은애랑 묵묵히 고개를 끄덕였다. 한데 의연하게 굴던 작은애가 현관을 나서며 쓸쓸한 미소를 띤다.

　"엄마 난, 전쟁나면 집에 못 와."

　"그러게. 그렇지 않게 엄마가 기도할게. 별 일 없으려니 믿으며 남은 기간 잘 마무리하고 와라."

　데면데면 웃으며 등짝을 쓰다듬어 돌려세우는데 더욱 옷깃이 여미어진다. 군인아들을 둔 어미 그 누구인들 이 원초적 기도 앞에 초연할 수 있으랴.

* 2010年 11月 쓰다.

6 입맞춤

물이 고인다는 석굴을 렌즈에 담았을 뿐인데, 사진 속에서 시선을 끄는 것은 엉뚱하게도 윗돌과 아랫돌이 만나는 이음새의 표정이었다. 무엇보다도 고개를 낮춘 돌의 눈두덩에서 풍겨나는 심오한 빛과 열린 입술의 인정스러움이 심금을 울리며 전율을 부른다.

정자 한 채 지었네라

언젠가부터 제가 간판이란 것은 올리게 되면 작가 명을 직접 넣겠다는 생각을 해왔습니다. 하지만 그런 날은 오지 않을 줄 알았습니다. 아뇨. 간판 따위를 아예 올리지 않으려 했습니다. 글 쓰는 사람이니 정신의 올을 잣는 일에 승부를 걸어야겠다는 마음이 우선 순위였으니까요. 그렇다 보니 말을 늘어놓는 것이 싫어서 오래도록 나가던 강의도 접어치웠습니다. 그리고는 물 좋고 산 좋은 한적한 시골에 정자 지어 노니는 꿈을 꾸었습니다. 발 한 쪽은 2, 3년 전부터 그런 쪽에 쑥 빠져 있었습니다.

그러나 현실은 저를 일상의 현장으로 내몰더군요. 그것이 하 억울하여 꿈이 아닌 곳에 꿈같은 공간을 마련하였습니다. 이왕 일을 할 바에야 최대한 저답게 꾸미고 싶었습니다. 그곳이 바로 수원 만석공원 건너편에 있는 스무 평 남짓한 창작교습소랍니다. 정자동亭子洞이란 지명에 맞게 점잔 부려야 하는 장場이기도 하지요.

출입문을 열면 학생들에게 유익할 만한 책들이 갈색의 원목 책장에 꽂혀있고, 그 주변으로 난 분 몇 개가 서 있습니다. 그 안에 작은 교실이 있고, 긴 복도를 지나 한 층계 올라서면 작가들 사랑방이 있으며, 또 충분한 휴게공간으로 내실 컴퓨터 방이 있습니다. 그곳에서는 문화의 고속물결을 타고 놀기도 하지만, 지극히 소박하게 뒤뜰과의 조우도 이뤄진답니다. 창밖에서는 은행잎이 한들거리는데, 저는 뒷문을 따로 내어 성근 대발을 늘어뜨리고 놀지요. 그러면 텃밭 가에서 낮은 키로 푸른 달개비꽃이 방글방글 웃거든요.

간판에 적힌 제 이름을 보면서 적잖이 민망합니다. 상호에 맞는 명함을 만들고도 사람들에게 건네기가 주저되어 혼자서만 자꾸 만지작거립니다. 아무래도 문인들 간에 주고받는 명함은 아예 안 만들거나 다시 소박하게 준비해야겠습니다.

스스로도 제가 어떠어떠한 기운을 갖고 있는지 잘 모르겠습니다. 아니, 알 수 없습니다. 그냥 물살에 맡겨 흐르는 것이지요. 흐르고 흐르다 보면 어느 지점에서는 고즈넉해지거나, 펑펑 울거나, 하하 웃거나 하겠지요. 세상만사 그렇지 않은가요. 누구 명료하게 아는 사람 있으면 제게 귀띔 좀 해주실래요?

내친김에 제가 말해볼까요. 삶이 다 그런 거래요. 격정의 순간이 있는가 하면 고요의 시간이 있기 마련이지요. 항상 태풍같이 몰아치기만 하면 그 사람은 아마 호흡조절이 잘 이루어지지 않아 수명이 짧아질 거예요. 반면, 격정과 고요의 숨조절을 잘 하는 사람은 세파에도 치이는 일이 드물어 쉽게 잦아들지는 않겠지요.

그러니까 생의 리듬을 조절하는 능력을 터득하는 일, 그 기본적인 것이 바로 한치 앞을 가늠할 수 없는 우리네 삶에서 가장 큰 나침반이 되겠군요. 그게 그런가봅니다. 그렇겠지요. 그러네요. 그래요. 그래서 저는 지금 사방이 뻥 뚫린 정자 한 채를 가슴속에 들여놓고 살아요. 거기서는 우선적으로 하염없이 쏟아지는 빗물을 피할 수 있고, 사시사철 변화하는 바람과 소통할 수 있으며, 흔흔한 공기를 마실 수 이으니 이 아니 행복인가요.

여러분들의 안뜰에도 그런 거 있으시지요?

* 2011年 1月 쓰고/『문학이후』 2013年 여름호

겉보리 서 말

옛날에는 학동들이 훈장님께 바치는 공납금도 보리쌀일 때가 있었다고 한다. 허나 그것마저 여의치 않아 겉보리 서 말에 얽힌 일화들이 빈번하다. 특히 남성들이 처가살이에다 잘 빗대는 곡식이 보리 아닌가.

여인네들이 출가를 하여 시가로 향하듯, 아버지는 부여의 본댁을 두고 처가로 거처를 옮겨 뿌리를 내렸다. 농사일을 모르던 분이 쟁기질 한 번 하고 병이 나자, 외할머니는 "자네 본가에 좀 다녀오게" 하셨다고 한다. 그렇게 휴가를 얻어 본가에 간 아버지는 할머니가 구해다 삶아주시는 약병아리 한 마리를 드신 후 사흘 앓던 몸을 훌훌 털고 돌아왔다고 했다.

그런데 아버지는 절대로 처가살이를 한 것이 아니라고 하셨다. 외동딸을 둔 노인 분들을 극진히 모셨다는 입장이 분명했다. 하지만 이웃마을의 비쩍 마른 아저씨가 술에 절어 비틀거리는 걸 보면 번번이 중얼거렸다.

"으이구, 못난 사람. 겉보리 서 말만 있어도 처가살이를 면한다는데…. 당장 집어치울 수 있다는데…."

시집올 날을 잡아놓고 비실거리자, 아버지는 내게 어머니 몫으로 아끼던 토종 장닭을 잡아 먹이려 하셨다. 하지만 나는 그 닭을 먹고는 절대로 시집 갈 수 없다고 뻗대어 살려두고 왔다.

한데 27년의 세월이 지난 지금, 달짝지근한 보리죽그릇에서 새삼 아버지의 혼잣소리가 들린다. 다듬어지지 않은 인생길처럼 거칠거칠한 보리꺼럭도 되살아난다. 만약 그때 내가 친정에서 고아 주는 닭 국물을 뜨끈히 먹고 왔더라면, 곤곤한 시집살이를 좀 더 뱃심 있게 해낼 수 있었을까.

* 2011年 3月 쓰다.

입맞춤

경건한 의식이다. 뜨거운 사랑의 거대한 표현이다. 두툼하고 곧은 콧날에 깊고 긴 눈매를 지그시 감고, 얼굴을 정성스레 낮추어 입술을 포갠 상想 하나가 피사체 너머로 잡혔다. 그 턱선 아래로는 다소곳한 사람 형상이 아기인 듯 누웠는데, 누운 돌의 정수리에서 뻗어나간 돌기에 윗돌의 더운 입김이 살포시 닿고 있다.

계룡산, 그 산을 일러 영산靈山이라 한다. 그 품에 기대어 흉금을 내려놓고 싶은 만추 끝자락이었다. 계룡시에서 공주방향으로 넘는 밀목재 좌측으로 급경사 암벽을 타고 올라 가슴

속의 염원을 간구할 참이었다. 이성理性을 앞세우지 않고 지극히 원초적 모성에 다가선 날이다. 지병으로 사슬을 두른 아이의 어미로서 체면 따위는 이미 가슴 저편에 묻어버린 지 오래, 구릉을 몇 개 넘고 너덜골짜기를 지나 허연 바위층을 두 손으로 짚으며 나아갔다.

숨차게 오르내리던 고향마을 뒷산이 봉분만하게 내려다뵈는 곳까지 올랐을 때, 앞서 길을 안내하던 노스님이 걸음을 멈추고 사철 마르지 않는 물이라며 석굴을 소개했다. 나는 그곳을 기억하기 위해 사진을 한 컷 찍었다. 그리고는 샘의 지붕격인 바위에 한참을 앉았다가 왔다.

한데 이게 웬 일인가. 물이 고인다는 석굴을 렌즈에 담았을 뿐인데, 사진 속에서 시선을 끄는 것은 엉뚱하게도 윗돌과 아

랫돌이 만나는 이음새의 표정이었다. 무엇보다도 고개를 낮춘 돌의 눈두덩에서 풍겨나는 심오한 빛과 열린 입술의 인정스러움이 심금을 울리며 전율을 부른다. 자연과 심상心想이 맞물려 빚어낸 우연의 일치이지만, 나는 그 무수한 언어를 온 가슴으로 여민다. 사람의 속말을 들어 응답하는 위무의 몸짓 앞에서 나도 덩달아 고달픈 일상에 대고 최면을 건다. '괜찮아, 괜찮아' 하며 성스러이 흉내를 낸다.

　— 이렇듯 귀 열리고 눈 뜨이는 날은, 다른 한편이 우매하게 내달리는 날이다.

　＊ 2013年 12月 쓰고/『현대수필』 2014年 봄호/『대표에세이동인지』 31집

누구의 무릎을 베고 죽을 것인가

20대 중반, 무시로 베갯잇이 젖을 때면 벌떡벌떡 일어나 앉아 뇌까리곤 했다. '내가 지금 당장 죽는다면 누구의 무릎을 베고 죽을 것인가' 하고. 다른 사람들에게도 그 엉뚱한 질문을 던져보곤 했는데 어머니의 무릎 등 답은 분분했다. 나야 단연 한 사람, 그의 무릎이었다.

스물두세 살 때 아버지의 엄명이 떨어졌다. 사랑을 따르고 싶어 하는 딸의 마음은 아랑곳 않고 "스물다섯까지는 돈 벌어 동생들 학비를 대라" 하셨다. '궁합'이란 명분을 내비쳐 그리 하셨지만 나는 감히 아버지의 뜻을 거역할 엄두를 내지 못했다.

아니, 자의에 의해서라도 동생들의 뒷바라지를 그쯤에서 주춤하는 것은 말도 안 되는 일이었다. 그 규칙이 무너질 경우 일어날 사태는 불 보듯 훤했는데 내게는 대학생이 둘, 고등학생이 둘, 중학생이 둘…. 여동생을 빼고도 남동생이 일곱이었다.

이러한 내 처지를 잘 아는 그가 조절안을 내기에 이르렀는데, 3년만 기다려보자 하였다. 그러나 나는 이마저 외면하는 우를 범했다. 내 작은 그늘에 그를 가둘 수 없어 오대양 육대주를 주름잡을 광야로 과감히 떠다밀었다. 그리고는 돌이켜볼 때마다 내가 내린 판단이 참 철든 처사라고 여겼다.

그러나 그때의 도리질 — 어리석었다. 애틋하지만 슬픈 사랑을 택할 수밖에 없었던 지난날의 나를 탓하지는 않는다. 허나 사랑이야기를 하려면 지독했던 아픔의 켜가 먼저 고개 든다. 조금만 더 용기를 냈더라면 길이 갈리지 않을 수도 있었을 것이라는 미련을 세월이 흐른다 한들 어찌 뿌리치리. 머리를 감아 손질하고 얼굴단장을 하며 거울 앞에 앉아본 소중한 순간들이, 세월에 이끼가 억 만 장 앉은들 어찌 쇠락하랴. 하지만 놓았다. 놓아야 했다. 그와 맺어진 줄을 놓을 때 폐부를 다도려냈다. 그때 나를 더 지배한 것은 핏줄과의 신의였다. 그리고 엄격하신 부모님에 대한 우려였다.

30여 년의 세월이 비껴간 지금, 푸르른 날에 사랑하는 이를 떼어놓은 일이 옳은 판단만은 아니었다는 생각이 든다. 내가 아둔하여 그의 순정을 온전히 받아들이지 못한 아쉬움이 남는다. 무엇보다도 그에게 못난 짓을 한 것 중 가장 후회되는 한 부분은 표현력 억제였다.

그래서였을까. 어느 날은 그가 물었다. 자기가 그렇게도 싫으냐고. 그래도 나는 아무런 대꾸를 하지 못하고 딴청만 피웠다. 정성 다해 사랑을 곱게 키우기보다는, 어깨에 매달린 동생들 학업의 끈을 개인의 야심으로 인해 끊을 수 없어 침묵으로 대신했다.

대부분 중요한 일을 논의할 때 '무릎을 맞댄다'는 말을 한다. 서로가 어색한 상태에서라면 절대로 이 관계가 성립되지 않는다. 그래서 무릎은 '가깝다'의 대명사이기도 하다. 나아가 완전한 내편을 의미한다. 그렇기에 절대 절명의 순간에 누구의 품에 안길 것인가를 따져보는 것이다.

앞길이 구만리 같던 그 때, 앞에서의 '…죽을 것인가'는 곧 '…살고 싶은가'의 반어反語 아니겠는가.

* 2014年 9月 쓰고/『좋은수필』 2014年 11,12月호

정情으로 길을 내다

어쩌다 그곳까지 가고 있었다. 계룡역에서 만난 초등동창생들은 둘이 셋 되고 셋이 넷 되고 넷이 다섯 되어 신작로를 달렸다. 처음엔 연산 개태사 앞에서 돌 관련 일을 하여 장인소릴 듣는 H까지만 합류키로 했는데, H는 이왕 이리 된 거 익산까지 가서 친구 K의 얼굴을 보고 오자 하였다. 일순 속으로 '야단났구나' 했는데, 먼 길에 늦지 않게 와야 한다는 생각마저 이내 자취를 감추었다. 다른 친구들은 사는 곳이 지척이지만 나는 남쪽으로 갈수록 돌아올 길이 멀어지기 마련 아닌가. 그래도 일단 남으로 남쪽으로 내달렸다.

핸들을 잡은 L이 길을 물으면, 조수석의 H가 안내를 하는데 두드러지게 잘 쓰는 말이 있었다. "요리 해서 조리 가고, 조리 가다가 이리 이리…!" 우리들은 그의 화법을 흉내 내며 한바탕 웃어젖혔다.

말 몇 마디 나눈 사이 일행은 금세 익산에 도착했다. 석산에서 돌 캐는 일을 하는 K가 오는 중이라 했다. 그 막간을 이용하여 나는 햇살 기운 미륵사지로 들어갔다. 탑 주변을 가린 공사현장이 눈에 들어온다. 석탑 복원기간이 길어지고 있는지 그곳은 통제구역이란다.

10여 년 전 이곳을 방문했을 때 나는 탑 앞에서 마냥 설레었다. 웅장하기 이를 데 없는 9층 석탑은 재건축을 앞두고 있었는데, 군데군데 손보아 보존해 온 흔적이 고된 역사의 자국처럼 역력했다. 그 옛날 백제의 무왕 서동이 부인인 신라의 선화공주 청을 받아들여 석탑을 세우고 절을 지었다는 어마어마한 터. 이곳에 울려 퍼졌을 기도소리는 나라의 안위를 비는 것 외에 또 무엇을 염원하는 소리였을까.

미륵사지와 떼어놓을 수 없는 두 사람, 선화공주와 서동왕자의 전설 같은 이야기가 너른 터에 여운으로 감도는데 다시 상념의 너울을 벗는다. 땅거미가 내려앉고 있다. 어느 결에 키 큰 K가 씨익 웃으며 다가왔다. 산판에 느림보 장비를 두고,

보고 싶은 마음에 거침없이 달려 내려왔단다. 중년의 사내가 어둑발 내린 산길을 돌고 돌아 뛰는 모습이라니 상상만으로도 한 편의 그림이요, 동화다.

부랴부랴 저녁을 나누고 돌아오는 길, 반가웠던 마음보다 앞서나가는 마음 한 자락이 칭얼댄다. 우~ 몰려가 줄넘기하고, 우~ 몰려가 공기놀이하고, 우~ 몰려가 냇가에서 다슬기 잡거나 미역 감던 이야기들이 계속 따라 붙는다. 그 허물없는 친구들이 어언 지천명을 넘기고도 둘이었다가 셋이었다가 넷이었다가 다섯이었다가 …. 그러다가 다시 하나로 돌아온다.

이젠 미륵사지 9층 석탑이 이런 이야기들을 받아 안았다가 훗날 차근차근 전해줄 모양이다. 묵중함 속에서 진중한 톤으로 소소한 사람들의 일면을 석축 깊이 담아두고 아껴가며 드문드문. 그러면 갸웃갸웃 정으로 길을 내는 사연 알아차리는 사람들 있겠지.

* 2014年 10月 쓰다.

말하기와 듣기 단상·1

우연히 그곳엘 또 갔다. 청마靑馬 유치환柳致環 선생의 흔적을 찾아서 거제도로 향했다. 처음부터 그곳으로 목표삼은 것은 아닌데도 일행을 태운 차는 육지에서 더 멀리로 나아가고 있었다.

통영여객터미널을 중심으로 20여분 걸릴 거라던 청마문학관은 시간이 경과해도 나오지 않고, 인솔자와 운전기사간의 말하고 듣기에서 차질이 빚어졌다는 얼버무림 속에 거제대교를 건너게 되었다. 낯선 길이니 마음 턱 놓고 데려다 주는 곳으로 가면 되겠거니 했는데, 애초의 계획과는 다르게 기념관행이 되고 말았다.

통영에서 바다를 가로지르는 다리를 건너갈 때부터 뭔가 수상쩍긴 했다. 문학관행이 기념관행이 되었다고 약간 수선 스러웠는데, 요지는 인솔자와 운전기사와의 소통에 문제가 있어 발생된 해프닝이었다. 허나 시간이 넉넉하니 거제도의 기념관도 가고 통영의 문학관도 들르면 좋겠지만, 이번 기행 팀은 일정을 그리 빼곡하게 추진하지 않았다. 그간 수십 차례 이어져 온 문학답사팀과는 스타일에서부터 차이점이 있었다.

아무려나 다 같은 시인을 기리는 곳이니 굳이 까다롭게 굴 필요도 없지만, 지난 저녁부터 다소 헐렁한 듯 진행되는 프로 그램이 양에 차지 않던 터였다. 하여 이왕이면 문학관이 좋지 않을까 했는데, 우리는 통영의 청마 선생을 외면하고 거제의 청마 선생을 찾아가게 된 격이었다.

한 시대의 시인이자 교육자로서 사랑의 대가라 불릴 정도로 지극히 인간적인 면모를 지닌 유치환 선생. 지방자치시대이다 보니 한 인물의 출생지와 성장지를 두고도 다투어 명분을 붙 인다. 더구나 선생 곁에는 이름 대면 알만한 여류시인의 이름 이 음으로 양으로 따라붙어, 또 다른 이야기를 낳는다. 로맨스 의 뒷얘기에 흥밋거리로 자리매김하는 사족의 비중 탓인가.

그럴 때면 다소 신비감이 떨어져, 말하는 사람의 모습을 다시
한 번 바라보며 귀 맑히는 연습을 한다.

* 2014年 10月 쓰다.

말하기와 듣기 단상·2

"어느 절간에 계세요?"

"별장이라면 별장이지. 허허."

"…"

"근데 어떻게 알았니?"

"척하면 척이지요. 뭐."

"어서 계신 곳을 말하세요."

"아, 여기가…, 여기가…."

"…네? 어느 절간이냐니까요?"

"그러니까 ○○대학병원별관 ○호실이야."

나는 속으로 뜨끔했다. 집은 산골에 두고 툭하면 절간에 가서 반 중노릇을 하는 이종사촌오빠에게 안부전화를 걸었다가 일어난 사태이다. 충주 경찰학교에서 작은아이의 임관식이 있던 날, 이왕 가족들이 인근에 왔으니 얼굴이나 볼까 한 터였는데 일이 커졌다.

일행을 대동하고 병실에 들어서니 이종은 한쪽 손을 칭칭 감고 있었다. 나이 70을 바라보니 생각과 몸짓이 따로따로였던가. 경운기 시동을 걸다가 그만 피대에 손이 끼어들어갔다고.

"집에 전화해 어머니랑 통화해서 알았니?"

"아뇨. 그냥 감이었어요."

"햐! 대단하구나."

그날 나는, 시치미 뚝 떼고 반 초능력자 행세를 했다. 절간과 별장의 차이성 속 유사성에 대해서는 그 오라비 생 다하는 날까지 입 꽉 다물 생각이다.

* 2014年 10月 쓰다.

옷 입기 콘테스트

12여 년 전이던가.

문학기행 일정에 맞추기라도 한 듯 만추의 끝에서 비가 내렸다. 나는 가을날의 정취에 젖기로 하고 의상에도 좀 신경을 썼다. 단풍을 연상케 하는 스카프를 매고, 아래위로 검정색 평상복을 입었다. 그리고 그 위에 빨간색 숄을 둘렀다. 그 무렵 집안에는 환자가 있어서, 모처럼의 나들이를 통해 상승기류를 맛보고 싶었던가보다.

그 차림새는 온양의 맹씨 행단에 들어서며 바깥 풍경과 맞물려 조화를 이루었다. 아름드리 은행나무 아래에 샛노란 색

상의 낙엽이 수북하여 일행은 절로 동화되었다. ── 그리고 나서 나는 한 달 동안 지독한 감기를 앓았다.

그때 동냥으로 찍힌 사진을 보면 의상의 매치가 과히 어색하지 않다. 검정과 노랑, 갈색과 빨강이 가을날의 풍경을 말하고 있다. 이우는 계절 속에서의 생기가 물씬 느껴진다.

그렇긴 한데, 요즘 한국인 해외여행객들 중엔 단체로 등산복차림이어서 외국인들의 눈총을 산다는 소문이 들려오니 덩달아 마음이 씁쓸해진다. 기후변화에 대비하지 못했던 그 가을날이 자꾸만 멈칫멈칫한다. 그러면서 젊은 날의 하루로 길을 비켜선다.

* 2014年 10月 쓰다.

그물을 넣어 잡아 팔아버리리

그럴싸한 말들은 죄다 갖다 붙였다. 내용인 즉 '자발적으로 문제를 만들어 풀어오기'가 과제인 모양인데, 현대의 대통령까지 끌어다 댔다. 그 중에서도 '구지가'에 대한 표현이 포인트다.

4 – 신라의 불교수용을 위해 목숨을 바친 사람은?①

　　① 이차돈 ② 아사달 ③ 최치원 ④ 김원중 ⑤ 노무현

5 – 신라의 보물로 나라를 지켜준다는 전설을 가지고 있는 보

물은?③

① 마파두부 ② 만신창이 ③ 만파식적 ④ 만파신적

⑤ 만파산적

8 – 수로부인의 '구지가' 내용이 옳지 않은 것은?④

① 거북아 거북아 수로부인을 내어라.

② 남의 아내를 앗은 죄 얼마나 크냐.

③ 네 만약 어기어 내놓지 않으면

④ 그물을 넣어 잡아 팔아버리리.

⑤ 거북이는 신성함을 상징한다.

거칠게 낸 문제에 미소가 고인다. 그러면서도 듬직하니 기대가 된다. '암. 사내가 이 정도는 되어야지. 적어도 이쯤 패기는 있어야지. 그래야 무슨 일을 하든지 간에 뜻을 이룰 것 아닌가.'

까맣게 잊고 지내던 작은아이의 학창시절이 내 컴퓨터 한글창 안에서 되살아난다. 지금이야 제각각 컴퓨터에 노트북에 별의별 신종 기기들을 소지하고 있지만, 만학의 나와 아이들이 한창 성장할 때에는 이 공용의 컴퓨터 한 대가 다용도구실을 하였다. 그 놓치고 온 자국들이 무심코 건드린 오른손가락의 짧은 놀림에 의해 우우우 일어선다.

'그물을 넣어 잡아 팔아버리리!'

입속으로 뇌까릴수록 어감이 재미있다. 묵은 노래가 슬프지 않고 새로운 힘을 얻는다. 어른이 아이에게서 배우는 것 맞다.

* 2014年 10月 쓰다.

예스터데이

잘 생긴 남자가 있다. 양평 그곳에 가면 눈매가 길고 오뚝한 콧날의 남자가 맞이한다. 입매도 얌전한 그는 오가는 뭇 여성들에게 매우 관대하다. 오는 여자 마다않고 가는 여자 막지 않는다는 신조어에 버금갈 정도로 우유부단하기 짝이 없다. 하여 그 미남자 곁에는 여자들이 줄을 선다. 사진 한 방 함께 박으려고 차례를 기다리며 거리낌 없이 교태까지 부린다. 그래도 그는 끄떡도 않는다. 넉넉한 아량으로 사진도 잘 찍혀준다.

그런 그 남자가 볼수록 매력 있다. 나는 그처럼 준수하게 생긴 애인 한 명 있었으면 하고 몇 번인가 생각한 적이 있다. 그래도 전혀 부끄럽지 않았다. 그는 성근 철재로 된 작품 속의 남자이기 때문이다.

그래도 그가 너무 잘생겨서 질투가 났다. 때로는 그 남자를 만든 예술가가 꼭 그리 생겼을 것만 같아 궁금하기도 했지만, 그게 아닐지도 몰라 굳이 알려고 하지는 않았다. 다만 남편이 심술궂어 보일 때면 그 남자를 의중에 두고 회심의 미소를 지었다. 양평에 가면 기막히게 생긴 남자가 있다고 종종 으름장을 놓았다. 잊을 만하면 한 차례씩 그를 끌어다 대어 남편을 자극했다. 일반 남정네들에게도 그럴 듯하게 풍을 쳤다. 그러면서 내심 즐거웠다.

그곳에 가면 토속 음식점 예스터데이가 있었다. 마음 맞는 글벗들과 자주 찾아간 곳이다. 산자락의 호젓한 곳이어서 산책하기에 좋았는데, 어느 때는 일행 서너 명이 신발을 벗어들고 고즈넉한 산길의 만추 끝자락을 질질 물고 다녔다. 사랑방 한 칸을 빌려 오붓하게 둘러앉으면 더 이상 부러울 것도 없었다. 그 중 시인은 시를 읊고, 갓 가야금을 배우던 친구는 뚜~두기 당~기~ 현을 뜯었으며, 심안心眼이 예리한 친구는 이러쿵저러쿵 인물평을 하였다. 그렇게 알찬 소풍을 마치고 돌아오는 하루는 정신적으로 넉넉하여, 흐르는 물살조차 곱디 고왔다.

그러한 날들이 어제에서 또 어제로 고개를 자꾸 넘는다. 떨어지는 낙엽 따라 점점이 멀어져가는 과거가 된다. 멋쩍게 이어지던 서툰 가야금소리만이 그날의 정다웠던 사람들을 불러 앉히며 두런거린다.

충청도 땅 시골 느티나무 옆 토담 곁에 사랑방 구실을 할 별채 한 간 어서 지어야겠다. 오늘이 어제가 되고, 어제가 다시 대과거 속으로 잦아든다 하더라도 사람들 간에 도탑게 쌓여가는 정 앞에서야 두려울 것이 무엇이랴. 큰 나무 의지처 삼아 정인들 무릎 맞대는 소리, 벌써부터 흙벽을 타고 오른다.

* 2014年 11月 쓰다.

한국選수필 · 13

김 선 화 5매수필집

피사체 너머에는

초 판 인 쇄	2014년 11월 12일
초 판 발 행	2014년 11월 19일

지 은 이	김선화
펴 낸 이	배준석
펴 낸 곳	**문학산책사**
등 록	제3842006000002호
주 소	경기도 안양시 만안구 안양3동 성원Ⓐ 103-1205
	⑦430717
전 화	(031)441-3337
휴 대 폰	010-5437-8303
홈 페 이 지	http://cafe.daum.net/munsan1996
이 메 일	beajsuk@hanmail.net

값 10,000원

ⓒ 김선화, 2014

ISBN 978-89-92102-55-1 03810